L'enfant
qui avait peut-être l'âge du monde

Luc Girerd

L'enfant qui avait peut-être l'âge du monde

ROMAN

Albin Michel

22, rue Huyghens, 75014 Paris

ISBN : 2-226-10006-7

À Jean et à Pierrette

C'est la fin. La Grand-Rue est vide et je reste assis sur le trottoir, à l'endroit précis où je suis tombé. Le brouillard joue encore avec les murs du pénitencier. Même la porte de fer paraît irréelle, à demi masquée par les volutes mouvantes qui dansent comme des cobras. Derrière moi, j'entends les bruits du café, ces petits bruits du matin que je perçois pour la première fois depuis vingt-cinq ans. Ces petits bruits de la liberté.

Je sais qu'on me regarde. Peut-être s'étonne-t-on que je ne traverse pas la rue, que je ne m'attable pas en demandant une bière, que je ne cherche pas à séduire la serveuse après tant d'années d'abstinence. Mais je n'ai plus rien à voir avec l'humanité. Je veux seulement mourir ici, sur ce trottoir, parce que maintenant, je sais.

Big Black est sur mon épaule. Big Black, c'est

mon ami. Un énorme corbeau noir qui nichait dans un trou du mur, juste à côté de la fenêtre de ma cellule. Au début, nous nous sommes connus par intérêt : je déposais du pain sur le rebord. Il attrapait les morceaux et disparaissait aussitôt. Quand il a accepté d'entrer dans mon cachot, j'ai compris que je comptais vraiment pour lui. Il pouvait rester des heures sur la barre du lit, à me suivre de ses yeux jaunes. Depuis ceux de Jess, je n'avais jamais rencontré des yeux qui avaient autant de patience.

Je suis content que Big Black m'ait retrouvé sur le trottoir. Je n'aurais pas voulu qu'il pense que je l'avais abandonné. Et qui d'autre que lui pourrait écouter le récit que je veux faire maintenant, sans m'interrompre ni se moquer? J'avais promis à Jess et j'attendais le signe qui donnerait le sens ultime à son histoire. Ce signe vient de m'être offert. Qu'un corbeau aux yeux jaunes soit le témoin de l'incroyable vérité ne me gêne pas du tout, au contraire. Jess m'avait appris à ne pas m'encombrer des apparences.

La matinée du 6 septembre 1970 est mon plus ancien souvenir, comme si ma vie jusqu'à cette date n'avait mérité que l'oubli. C'était jour de rentrée dans l'école de la petite ville de Cormes. Je venais d'y être nommé à mon premier poste d'instituteur. J'allais fêter mon vingt-troisième anniversaire.

L'été s'achevait sans hâte. On devinait aux brumes dans les champs d'oliviers que la journée serait chaude. La première chose que je vis en franchissant le portail de l'école furent les cyprès qui longeaient les grillages, comme des miradors verts.

Heureusement, il y avait la mer derrière les collines. Elle me rassurait. Depuis que je l'avais découverte à mon arrivée à Cormes, je la cherchais toujours du regard. Je l'avais tellement imaginée, là-bas, dans mon pays de brouillard… Elle ne m'avait pas déçu. Cet horizon bleu ressemblait à l'avenir.

Je me souviens aussi de la première sonnerie. Une sirène annonçant le début des combats. Les enfants s'étaient regroupés autour des institutrices dressées tous les cinq mètres. Il n'y avait que moi à rester seul contre mon pilier. Une affiche y était collée : « CP 4 — M. RADAUX. » Elle ne faisait pas recette.

Je crois que les parents voulaient m'oublier. Ils se disaient sans doute qu'en m'ignorant ils parviendraient à rayer le nom de leur enfant de ma liste. Je leur faisais peur. Je n'étais pas conforme à la tradition scolaire : un mètre quatre-vingt-quinze, cent quatre kilos et le crâne rasé. La directrice devina le malaise. Elle vint les rassurer : « Ce jeune homme a reçu une excellente formation ; j'aurai l'œil sur lui, soyez tranquilles. »

Je pus enfin rassembler mes élèves. Il manquait une fillette, prénommée Jess. Je l'appelai. Personne ne répondit. On ne la connaissait pas. Je donnai l'ordre du départ.

Tout le monde pleura. Surtout les mamans.

J'essayai de consoler les petits. Je me trompais. C'était les mères qu'il aurait fallu prendre dans mes bras. Je n'avais pas encore compris que le vrai problème des enfants, c'est leurs parents.

Les autres classes étaient déjà montées dans leur salle. Nous étions les derniers dans la cour. Je coupai court aux adieux et mon rang se mit en branle.

Je me souviens que le soleil se reflétait dans la porte de l'escalier. Peut-être est-ce pour cela que je ne la vis pas tout de suite. Elle était assise sur les marches. Je faillis la piétiner. Elle poussa un petit cri.

Alors, mes yeux se posèrent sur elle pour la première fois. Elle paraissait minuscule. Elle me regardait, calme, très loin de ses six ans officiels. Je sus aussitôt que c'était elle.

— Jess ?

— Oui, m'sieur.

— Qu'est-ce que tu fais ici ? Le rassemblement, c'était en bas.

J'essayais de faire le méchant ; si je perdais un

élève chaque matin dans les couloirs, je n'allais pas tenir longtemps.

— Je… je savais pas… Pardon…

Et elle se mit à pleurer, doucement, sans bruit. Les larmes d'un enfant, c'est trop dangereux pour l'équilibre général. Alors, je la pris dans mes bras, par réflexe. J'aurais dû me méfier. Par réflexe, on tue, on aime, on fait des bébés, on sort la tête des tranchées. Après, c'est fichu. Les réflexes ont des conséquences désastreuses. J'ai payé toute ma vie ces quelques secondes où je me suis pris pour un homme.

Elle était légère comme un chaton, j'aurais pu la tenir dans ma main. Elle et moi, nous nous sommes tout de suite sentis bien. On se reniflait, on se touchait, on se découvrait tellement différents. Sa tête reposait contre ma poitrine, les larmes tarissaient, les autres petits nous regardaient en souriant.

Une impression de bonheur.

— Tu t'appelles comment ?

— Monsieur Radaux.

— Non, pas celui-là. Ton vrai nom…

— Mon vrai nom ?

— Oui, celui que te donne ta maman.

— Christophe… Ma maman m'appelle Christophe.

— Je le savais.

Et elle éclata de rire. Et tous les enfants éclatèrent de rire. J'ouvris la porte de la classe et nous entrâmes dans cet équipage triomphant, avec Jess hilare juchée sur mes épaules et la horde rieuse qui nous faisait une haie d'espérance.

Les premières semaines furent difficiles. La médiocrité n'a pas d'âge. Un enfant, c'est juste un homme qui n'a pas encore eu le temps de donner sa pleine mesure. Alors, avec ma classe, je restais toujours sur le qui-vive. Je surveillais attentivement les imbus de demain, les hypocrites à venir, les infidèles en gestation. Et j'aidais les autres, les bonnes pâtes, les solitaires du goûter, les lunaires gobeurs de mouches. Ceux dont on pressent qu'ils paieront cash le moindre moment de bonheur. J'essayais bien de les durcir un peu ; mais je manquais moi-même de carapace pour être efficace dans cette entreprise de lucidité. La lucidité existentielle, ce n'était pas au programme du CP.

A la mi-octobre, j'avais fait le tour de mes

miniatures d'humains. Je connaissais leurs faiblesses, leurs bravoures. A tous, sauf à Jess.

La classe m'appelait : « monsieur », elle disait : « Christophe. » Et personne, surtout pas moi, ne s'insurgeait contre ce privilège.

Dès les premiers jours, elle s'était fait remarquer par son indiscipline. Les foyers d'insurrection qu'elle allumait étaient sans commune mesure avec tous ceux des autres réunis. Là où ils se contentaient d'être drôles, elle était burlesque. Là où ils étaient agressifs, elle était violente. Là où ils étaient amorphes, elle était endormie. Mais seule.

Bientôt, elle installa sa table dans un coin, à l'écart. Elle rendait son travail toujours en dernier, d'infâmes brouillons que je n'avais plus la force de déchiffrer. Elle m'avait très vite fait comprendre que m'énerver ne servirait à rien. Les autres élèves progressaient. Elle, à la Toussaint, ne lisait pas un mot, ne réussissait pas une addition. L'ignorance. Mais l'ignorance souhaitée, voulue, recherchée. L'ignorance comme solution finale. Solution à quoi ? Elle ne le disait pas. Mais que pouvait-elle dire à six ans que les grands puissent vraiment comprendre ?

Début décembre, elle n'apporta plus son cartable.

Elle arrivait le matin, toujours gaie, les mains dans les poches. Dans la cour, son apparition provoquait chaque fois deux attroupements. Celui de ses camarades, toutes classes confondues, qui l'avaient adoptée comme chef naturel et avec lesquels elle organisait des jeux incompréhensibles pour tout étranger à la bande. Et celui de ses adversaires qui ne supportaient pas l'influence de cette « naine à perruque », comme ils l'appelaient à cause de sa chevelure blonde qui lui tombait jusqu'aux reins. Parfois, les deux attroupements ne faisaient plus qu'un et la guerre embrasait le préau. Des guerres violentes auxquelles Jess ne participait pas, se désintéressant même des combats, comme si ces excroissances de la haine quotidienne étaient le tribut à payer au temps qui passe.

Elle n'était pourtant pas aussi insensible que je le croyais à ces débordements. Du moins aux débordements vocaux. Ainsi le matin du 2 décembre, elle arriva en classe avec vingt minutes de retard, le crâne rasé. Ses longs cheveux qui faisaient tant pour sa légende avaient disparu. Elle ressemblait à un bonze, ou plutôt elle ne ressemblait plus à rien.

— Qu'est-ce qui t'est arrivé ?

— Je me suis levée trop tard.

— Je parle de tes cheveux.

— C'est ma mère. Les poux...

— D'accord, mais pourquoi à ce point-là ?

— Elle a dit qu'elle prenait des mesures définitives. Alors, maintenant, j'ai un crâne définitif.

Toute la classe avait ri, soulagée. La blague du crâne définitif nous avait rassurés : c'était bien elle, elle ne nous avait pas abandonnés.

Plus tard, à la récréation, je la pris à part, pour savoir vraiment.

— Entre nous, c'est pour faire comme moi, le crâne rasé ?

Elle ne me répondit pas tout de suite, et je reçus son silence comme un reproche. Le reproche que je puisse croire qu'elle agissait en fonction de moi. Je l'aimais déjà, à l'époque; c'était ma seule excuse. J'avais pris son crâne rasé pour un mot d'amour, ce n'était qu'un crâne définitif.

— Ce n'est pas pour faire comme toi, martela-t-elle pour que j'arrête de me faire des idées.

C'est à cause de la « naine à perruque ». J'ai coupé la perruque. Pour la « naine », faudra attendre. Tant pis.

Et elle partit rejoindre sa bande, et ses jeux incompréhensibles, sur laquelle elle régnait en despote joyeuse.

Comme Jess l'avait prédit, « perruque » disparut du circuit langagier, et « naine » ne bougea pas. Mais ses adversaires eurent vite fait de recompléter le sobriquet. « Naine définitive » naquit et Jess parut s'en accommoder avec le fatalisme de celle qui a tout essayé.

Il y avait donc deux crânes rasés à l'école et la directrice eut peur que cette mode ne s'amplifie, donnant à croire que les poux avaient élu domicile dans son établissement. Elle s'affolait pour rien car nous avions d'autres animaux dont nous devions nous occuper : ceux que Jess nous amena chaque jour à partir de ce 2 décembre. Elle avait commencé le 3 avec un canard, avait poursuivi le 4 avec une pintade, puis le 5 avec une oie. Jusqu'au 15 décembre défilèrent ainsi un chien aveugle nommé Tango, un coq aphone, un agneau des Causses du Lot avec les yeux et les oreilles cernés de noir, une couleuvre longue de deux mètres, une mouche à l'aile brisée, un marcassin, une ânesse blanche d'Egypte, et, surtout, un jeune taureau de huit cents kilos qui, une fois le portail à moitié défoncé, refusa de prendre les escaliers. Là, la directrice repoussa mes explications sur l'intérêt scientifique d'une rencontre de mes élèves avec les réalités du monde bovin. Depuis le coup de la couleuvre enroulée dans la cuvette des cabinets, elle émettait des doutes sur mes méthodes d'enseignement.

Ithos (c'était le nom du taureau) ayant entrepris d'élire domicile sous le poteau de basket, elle appela les pompiers pour évacuer la bête. Après plusieurs charges, Ithos accepta de rejoindre son pré, conduit par Jess qui agitait un seau de pois chiches sous son museau en guise d'aiguillon.

Toute l'école suivit le seau, et ce fut un fameux spectacle que ces deux cents gamins précédés d'un taureau bloquant le boulevard pour motif pédagogique.

Je reçus un blâme des autorités hiérarchiques. Un blâme de huit cents kilos.

Il restait cinq jours avant les vacances de Noël. Pour me consoler, Jess cessa d'amener sa ménagerie et se contenta de nous raconter des histoires. Après la récréation de l'après-midi, je lui laissais mon bureau. Elle s'enfonçait dans ma chaise, levait les yeux vers le plafond et, quand elle sentait ses camarades attentifs, commençait à parler. Elle avait sa manière pour raconter, son style ! Elle butait sur les mots, revenait en arrière, mélangeait les registres de vocabulaire. Il ne faut pas oublier qu'elle n'avait que six ans, mais toute la classe était suspendue à son imagination. Un jour, elle nous parla de son chat-péteur qui s'était transformé en matou-à-réaction. L'histoire du chat-péteur, cela avait été un grand moment du CP 4.

J'aurais pu rester des heures à écouter sa voix.

Assis contre le radiateur, je la regardais fixement, essayant de trouver à son visage une perfection qui aurait expliqué cet attachement dont je ne parvenais plus à me défendre. Mais je ne trouvais rien. Même aujourd'hui, je suis incapable de dire si elle était belle. Je ne me souviens que de ses yeux. Sans doute parce que lorsque les visages marquent trop, c'est qu'il n'y a rien derrière. Jess, elle, avait tellement de choses à l'intérieur qu'on n'avait pas le temps de s'arrêter à la surface.

Lors de la distribution des carnets du premier trimestre, la classe avait retenu son souffle. On avait peur qu'avec ses notes épouvantables la directrice ne décide de rétrograder Jess en maternelle. Elle lut à voix haute mon appréciation : « Enfant rare, dont le comportement hors du commun mérite les plus grands éloges. »

Elle crut que je me moquais d'elle, ou de l'enfant, ou, pis encore, du carnet de notes. Elle demanda des précisions sur le comportement hors du commun :

— A part cacher des couleuvres dans les cabinets et provoquer des embouteillages avec un taureau, elle possède d'autres talents cachés ?

Personne n'osa répondre.

— Elle vole ? Elle monte aux rideaux ? Elle escamote les billes ?

— Non, madame, a soudain crié la petite Aude. Elle nous fait rêver !

— Silence, a hurlé la directrice. On ne rêve pas en classe ! Interdit de rêver ! On commence rêveuse, on finit clocharde. Est-ce compris, les enfants ?

Jess paraissait vraiment ennuyée de la voir se mettre dans des états pareils à cause d'elle.

— Ne vous inquiétez pas pour moi, madame. Je ne serai jamais clocharde. Je vous le jure.

— Qu'en sais-tu, ma pauvre petite ?

— Parce que, pour être clocharde, il faut exister en adulte. Et moi, je serai morte avant.

Les enfants ricanèrent ; le coup de la mort prochaine, c'était l'un des classiques de Jess.

La directrice s'approcha de moi :

— Elle est comme ça tout le temps ?

— Tout le temps. Et encore, là, elle n'est pas en forme.

— Pauvre monsieur Radaux... Pauvre monsieur Radaux...

La directrice sortit à reculons, choquée. Longtemps, je me suis dit qu'elle avait raison.

Mais à l'époque, je ne pouvais pas deviner qu'elle était prophétique.

L'appréciation du carnet provoqua du mouvement. Le lendemain, jour de la sortie des vacances de Noël, une femme m'attendait dans la cour à quatre heures et demie. La mère de Jess. Je ne l'avais jamais rencontrée mais je ne pouvais pas me tromper... Si j'avais encore une chance de m'en sortir, c'était à ce moment-là. En prenant mon cartable sous le bras et en filant sans me retourner. Mais non, impossible de remuer les pieds ; et puis, un picotement au milieu du ventre m'annonçait que ça n'allait pas être un moment banal.

Je ne bougeais pas, elle est venue vers moi. Elle portait une robe bleue, bras nus, les mollets comme des colombes. Il faisait cinq degrés, le ciel était sombre et elle ne portait que cette robe bleue. Elle me sourit, avec des yeux identiques à ceux de sa fille : des galaxies avec des étoiles en liberté.

Je sentais ma fièvre monter, violente. Une

fièvre dangereuse : je la connaissais bien, je la contrôlais mal.

Heureusement, Jess me prit la main. Je me calmai.

— C'est ma mère.

— J'avais deviné.

— A cause des yeux ?

— A cause des yeux.

— Ma mère me dit toujours que ce sont nos yeux qui nous perdront.

Elle lui prit la main pour qu'elle s'avance. Nous étions ses prisonniers.

— Je te présente Christophe, mon maître.

— Enchanté, ai-je dit.

Je me sentais lamentable. Jess riait.

— N'aie pas peur, elle est moins dangereuse que moi !

Elle nous libéra les mains et partit rejoindre ses camarades.

Je regardai longtemps la jeune femme sans baisser les yeux. Au moins deux secondes, je ne pouvais pas faire mieux.

— Bonjour, Christophe. Je peux vous appeler Christophe ?

— Telle fille, telle mère.

Et je ris bêtement. Puis à nouveau le silence. Pourtant, ça braillait autour de nous, les enfants, les parents, le boulevard. Mais c'était quand même le plus grand silence de mon existence. J'attendais l'essentiel. J'ignorais quoi, il suffisait de patienter.

— Je viens à propos du bulletin…

Je voulus la rassurer tout de suite.

— Ne vous inquiétez pas ! Les zéros ne veulent rien dire, je vais…

— Je me fiche des notes. C'est au sujet de l'appréciation.

— Pourquoi ? J'ai voulu la mettre en valeur. Jess est tellement…

Elle me coupa sèchement. Elle tremblait, comme si elle s'apercevait soudain qu'elle portait une robe bleue en plein hiver.

— Ne la mettez pas en valeur ! Si vous l'aimez, ne faites plus ce genre de choses. S'il vous plaît…

Puis elle se détourna et rejoignit la foule chassée par les rafales d'un vent glacial. Au moment de franchir le portail, elle récupéra sa fille par le bras, presque violemment. Jess se débattit, je voyais qu'elle voulait me dire quelque chose.

— Christophe ! hurlait-elle au milieu de la cohue, tu sais comment elle s'appelle ma mère ?

Un groupe les happa, je ne pouvais plus les voir. Mais j'entendis distinctement le cri de Jess :

— Marie ! Elle s'appelle Marie !

Et je fus épouvanté de réaliser qu'il s'agissait d'un cri de détresse.

Je quittai l'école le dernier ce soir-là. Les institutrices avaient fui en même temps que leurs élèves. Il y avait Noël à préparer. La neige s'était mise à tomber dès le crépuscule. Collé contre la fenêtre, je la regardais avec une attention enfantine. A Valois, j'avais grandi avec la neige triste du matin qui devenait boue. Ici, les flocons étaient une fête, comme des confettis venus du ciel.

— Vous ne rentrez pas chez vous, monsieur Radaux ?

Je me retournai. Je reconnus Jeanne, la femme de service, sur le pas de la porte. Elle avait vingt ans, une blouse rose, des joues rondes et elle était amoureuse de moi. Je la surnommais Mary Poppins pour son efficacité dans le nettoyage de ma classe.

Je pensai aussitôt à Marie.

— Elle a quel âge, à ton avis, la mère de Jess ?

Jeanne me lança un regard inquiet, presque trahi.

— Pourquoi vous me demandez ça ?

— Parce qu'elle paraît bien jeune pour avoir une enfant de six ans.

— C'est la fille avec qui vous parliez à quatre heures et demie ?

— Oui.

— Vous êtes sûr que c'est pas sa sœur, plutôt ?

— Absolument.

— Elle a mon âge, je pense.

— Elle est d'ici ? Tu la connais ?

— Non. C'est pas grand comme ville, chez nous. Les filles de mon âge, je les connais toutes, à cause du collège. Peut-être qu'elle est arrivée au lycée… Les nouvelles du lycée, je les connaissais pas. J'ai pas été au lycée. Il fallait aller vivre à Marson, et puis j'étais pas assez bonne.

Elle baissa les yeux et, ne sachant plus quoi dire, se mit à frotter un pupitre.

Je sortis mon dossier administratif du tiroir. La fiche de Jess était remplie d'une écriture hésitante, à l'encre bleue. Le même bleu que la robe de Marie.

WEIES Jess
Née le 25 décembre 1963 à Metz
Mère : WEIES M. — Profession : sans
Père : / — Profession : /
Adresse : en cours de déménagement.
Renseignements particuliers concernant l'enfant : *Néant.*

Je rangeai la fiche dans mon cartable. Jeanne était déjà à côté de moi, mon manteau à la main. Elle m'aida à l'enfiler.

— Pourquoi tu es gentille avec moi ?

— Parce que vous êtes gentil avec moi.

— Alors, qui a été gentil en premier ? Il fallait bien quelqu'un pour commencer !

— C'est vous.

Et elle m'embrassa sur la joue, furtivement. Je n'avais pas le choix. Je lui rendis son baiser et je sortis. Elle me rattrapa dans le couloir.

— Elle me plaît, cette gamine !

— A moi aussi.

— Au revoir, monsieur Radaux. Joyeux Noël !

— Au revoir, Mary Poppins !

Elle me sourit et disparut dans la classe, m'abandonnant dans le couloir. Je n'avais pas envie de rentrer chez moi. Je décidai d'aller me promener sur le boulevard.

La neige y provoquait une effervescence inaccoutumée. A croire que tous les habitants étaient sortis de chez eux pour la saluer. Le sapin de la place brillait sous les phares des voitures, les passants peinaient sur les trottoirs blanchis. Ce n'était à chaque coin de rue que rires et exclamations chaleureuses. Des parents d'élèves me saluèrent ; devant la pharmacie, le petit Victor me sauta au cou. J'étais pris dans un grouillement de vie qui me faisait oublier ma solitude.

Puis les magasins descendirent leurs grilles. Le boulevard se vida. Peu à peu, la torpeur s'abattit à nouveau sur la ville. La neige, seule, n'abandonna pas la partie. Il était plus de sept heures et je dus admettre que je ne m'étais promené au milieu de cette foule que dans l'espoir de retrouver Marie.

A son extrémité sud, le boulevard, une fois dépassé le poste à essence, se transformait en route nationale. Quelques maisons isolées, et puis des fermes avec leurs couronnes d'oliveraies. Le pré où Jess avait ramené le taureau se trouvait à environ six cents mètres de la station-service. Je décidai de pousser ma promenade jusque-là. Mais était-ce la nuit ou la neige, je ne parvins pas à retrouver l'endroit. Le froid devenait intense. Huit heures sonnèrent à l'abbaye. J'imaginai les moines en train de dîner en silence dans la salle commune, le bruit des cuillères se mêlant aux craquements des bûches dans la grande cheminée. Il restait alors une vingtaine de frères dans la communauté. La dernière génération.

J'eus faim. Je rebroussais chemin quand un beuglement retentit dans l'obscurité. J'appelai aussitôt :

— Ithos ! Ithos ?

Un second beuglement me guida mieux qu'une lumière vers le pré recherché. Ithos se cachait en contrebas d'une restanque. Je sautai dans l'enclos. La bête s'approcha d'un pas calme, je lui caressai le front comme j'avais vu Jess le faire. Je remarquai alors une ferme derrière une rangée de cyprès, à moins de cent mètres. Je franchis la barrière et m'approchai du bâtiment. Une lumière inégale jetait des éclairs par les deux fenêtres de l'étage. La lumière d'une télévision, pensai-je, et j'en fus surpris. Presque déçu. Je n'imaginais pas Marie et Jess regardant la télévision. J'hésitai devant la porte en bois. Que dire lorsqu'on m'ouvrirait ? Je faillis rebrousser chemin. Mais la robe bleue flotta dans ma mémoire... Je frappai contre le battant. Un juron me répondit. Puis des pas lourds, l'escalier qui grince, la porte qui s'ouvre et une voix sale dans la pénombre.

— Qu'est-ce que c'est ?

— Monsieur Radaux... Christophe Radaux.

— C'est à quel sujet ?

— Je suis instituteur à Cormes, et je pensais que... qu'une de mes élèves habitait ici.

— Vous vous foutez de ma gueule ? Ma ferme, c'est pas un pensionnat.

Et la voix me claqua la porte au nez.

J'étais rassuré. Marie et Jess ne regardaient pas

la télévision. Je repartis vers l'enclos. Je n'avais pas fait dix mètres que la porte se rouvrit.

— Comment qu'elle est votre élève ?

— Petite. Et le crâne définitif. Heu..., je veux dire le crâne rasé.

La voix sale devint menaçante.

— Alors, puisqu'elle est dans votre classe, cette morveuse, dites-lui que la prochaine fois qu'elle s'approche de mon taureau, je l'emmène chez les gendarmes.

Et il claqua la porte encore plus fort.

Je rebroussai chemin, émerveillé par ce que je venais d'apprendre : Jess faisait aussi du kidnapping de taureau. Je saluai Ithos, grimpai la restanque et repris le chemin de l'école. Marie était invisible ce soir, il fallait rentrer.

La neige avait encore forci, le paysage prenait des allures spectrales. Quelques rares automobiles traversaient la tempête, le frottement régulier des roues chaînées contre la carrosserie rythmait leur lente progression comme des crécelles de lépreux.

J'habitais un logement de fonction dans l'école même de Cormes, en haut d'une petite tour qui surplombait la cantine. Un deux pièces isolé qui satisfaisait mes besoins de solitude et n'entamait pas mon maigre traitement de débutant. C'était un logis sans confort qui avait abrité chaque nouveau venu dans l'école, le temps pour ce dernier de se trouver un propriétaire en ville ou, plus souvent, une épouse. Je n'espérais ni l'un ni l'autre. J'avais déjà compris que la compagnie des hommes m'était inutile ; trop de silences ou trop de paroles, ces « trop »-là m'accablaient de toute façon. Les cris des enfants me tenaient lieu de société et, les cours terminés, j'avais pris l'habitude de monter dans ma tour en laissant la ville à mes pieds. Je sortais alors mes outils, du bois, et je sciais, je rabotais, je clouais. Mon père était ébéniste, il m'avait appris autrefois son métier dans son atelier où je le rejoignais une fois mes devoirs achevés. C'était un vieil homme, il aurait pu être mon grand-père. Il ne savait pas me parler autrement qu'en m'expliquant le montage d'une commode ou d'une bibliothèque. Il aimait ses meubles, il leur chuchotait des mots incompréhensibles en les caressant de ses mains râpeuses. J'aurais voulu parfois me transformer en armoire pour qu'il me caresse aussi. Mais je crois que, jusqu'à sa mort, il me considéra avec une certaine frayeur qui l'empêcha de me montrer la moindre marque de tendresse. J'étais sorti du ventre de ma mère, non du génie de ses mains. J'étais d'un monde qu'il n'avait jamais compris, et plus je grandissais, plus il s'éloignait. Comme j'avais pu le haïr, puis le mépriser pour ce que je croyais être de l'indifférence.

Il mourut le jour de mes dix-huit ans, une varlope à la main. Je ne me souviens pas avoir eu de chagrin. Le vieux était parti, grand bien lui fasse.

Avec maman, nous avions rangé son atelier. Le petit secrétaire qu'il n'avait pu terminer gisait sur l'établi, les pieds en l'air. Mais, en arrêtant sa main au milieu de l'œuvre, la mort avait trahi mon père. A l'intérieur du tiroir, je découvris sa marque de compagnon, signature invisible qu'il avait apposée dans le cœur de chacun de ses meubles pendant quarante ans, griffe secrète qu'il interdisait à quiconque de profaner. Pour la première fois, je la vis : le dessin d'un compas ouvert à cent vingt degrés, pointe en haut, et à l'intérieur de l'angle ainsi formé, mon prénom gravé suivi du chiffre romain CMXXXII. Mon prénom... Pendant trois jours, je démontai tous les meubles de notre petite maison fabriqués par mon père. Chaque fois, je découvris le même signe, et toujours mon prénom suivi d'un chiffre romain. C'est quand je trouvai sous une latte de mon berceau en bois abandonné dans le grenier la marque avec CHRISTOPHE I que je me mis à pleurer. Ma haine, mon mépris, tout disparaissait avec ces larmes. Mon père m'avait aimé. Du berceau au secrétaire gisant, il m'avait écrit neuf cent trente-deux lettres d'amour. Il m'avait aimé dans la solitude de son atelier, et je ne l'avais pas compris. Je pleurai longtemps, prostré contre le berceau. Je crois que je n'ai jamais cessé de pleurer depuis.

Lors de mon départ de la maison, j'avais emporté les outils de mon père. Pendant mes études, dans l'anonymat des chambres universitaires, ils étaient restés dans une valise, alliés protecteurs et bienfaisants. A mon arrivée à Cormes, je pus enfin les libérer. Je transformai ma chambre en atelier. Avec mes premières payes, je m'offris un combiné Copeau. Maladroitement d'abord, puis de plus en plus sûrement, la mémoire des gestes effectués mille fois sous mes yeux d'enfant par mon père me revint. A la fin du mois d'octobre, j'avais terminé mon premier vrai meuble. Une table basse en merisier, aux pieds arqués comme un tigre prêt à bondir. Sous le plateau, je gravai fièrement au couteau creux ma première marque : un compas ouvert à cent vingt degrés, pointe en haut, avec à l'intérieur de l'angle l'inscription : JESS I. J'avais ensuite entrepris la fabrication d'un petit coffre en chêne pour le rangement de mes outils, qui fut baptisé JESS II. Lorsque je revins ce 21 décembre, au soir de ma course sous la neige, je décidai de me lancer dans la construction d'une bibliothèque en pin. J'avais deux semaines de solitude en perspective, du bois en réserve et Marie à oublier : je me mis à la tâche. Pendant trois jours, je dressai les plans, préparai les planches, ajustai tenons et mortaises. Je me souviens d'avoir travaillé dans un état de transe sans rapport avec l'objectif poursuivi. Dehors, la neige s'était arrêtée, mais le froid la conservait intacte. Isolé dans ma tour comme dans un donjon perdu au milieu des glaces, je montai ma bibliothèque qui se métamorphosait au fil de mon exaltation en totem, en autel ou en proue, tous dédiés à Marie. Le 24 décembre, à neuf heures du soir précises, la bibliothèque était terminée. Et estampillée du fameux compas, avec l'inscription MARIE I. Je m'assis sur le lit cerné de copeaux et je contemplai mon œuvre. Papa aurait été fier de moi. Elle faisait le tour de la chambre, avec juste une ouverture pour la porte. Six rangées de tablettes qui couraient sur les quatre murs, soutenues par des montants verticaux qui grimpaient jusqu'au plafond. Soit, mis bout à bout, soixante mètres de planches de pin ! J'y installai ma vingtaine de livres. J'avais peut-être vu un peu grand…

Et puis, après réflexion, je me dis que j'avais eu raison : soixante mètres de planches de pin me paraissaient en fait à peine suffire si je voulais y faire tenir tout mon amour pour Marie.

Satisfait, je m'endormis, épuisé par trois jours de travail ininterrompu.

Ce furent les cloches de minuit de l'abbaye qui me réveillèrent. La neige avait repris, mais elle ne tombait plus avec cet air de fête du premier jour. Dans le ciel noir troué par les lueurs des lampadaires, les flocons tanguaient comme des âmes perdues. J'allai à la fenêtre. En bas, les lumières des maisons ressemblaient à des veilleuses funèbres. Aucune agitation. Aucun bruit. Sauf les cloches de l'abbaye. Régulières. Lancinantes. Etouffées.

Je téléphonai à ma mère. Elle ne répondit pas. Une angoisse me serra le ventre. Il n'y avait pourtant pas de raisons parce que ma mère, à cette époque, elle allait très bien. Maintenant, en y repensant, c'est pour ça que j'ai dû m'angoisser. Une mère morte, cela m'aurait laissé espérer que tout aurait été plus beau si elle avait été encore là. Mais puisqu'elle était vivante, c'était sans espoir. Elle ne pouvait plus rien pour moi depuis longtemps. La vraie solitude, c'est quand tout le monde est vivant autour de vous.

Je descendis, il fallait que je prenne l'air.

Je reçus le froid en pleine figure. Une agression. Je marchai jusqu'au portail. Mes pieds s'enfonçaient dans la neige molle. Je régnais sur une cour déserte, sur des classes abandonnées, sur un préau vide. Les portes des cabinets claquaient, offrant à intervalles irréguliers le spectacle de leur béance de porcelaine. Une école pleine, c'est une prison. Une école vide, c'est un cimetière où chaque chaise inoccupée est une croix qui rappelle un visage. Le visage d'un enfant disparu pour être devenu un homme.

J'ouvris une à une les portes du cimetière. Le faisceau de ma lampe-torche balaya les tables du réfectoire, les casiers à musique, les agrès du gymnase. Dans la précipitation du départ, des institutrices avaient oublié d'effacer leur tableau ; des cahiers traînaient sur des coins de bureau. Au son des cloches qui persévéraient au loin, je fouillai ces vestiges d'une autre vie, me demandant quel était le cataclysme qui avait ainsi stoppé toute existence.

Puis l'abbaye se tut.

Alors, sans que je puisse expliquer ce qui se passa dans mon cerveau à cet instant-là (la peur, peut-être, la peur de ce silence soudain), je criai. Un cri inhumain, ou plutôt un cri enfin humain. Un déchirement de la gorge au nom de tout ce que je ne comprenais pas. Les bibliothèques trop vastes, les baisers dans le fond des armoires, les taureaux kidnappés. Ensuite, tout alla très vite. Je montai dans le seul cyprès de la cour pour le couvrir de guirlandes et de boules de Noël arrachées à la réserve de l'école. Puis, perché sur la cime de l'arbre, recouvert de neige, je laissai le froid m'envahir, et je serais sans doute mort gelé si, alertés par un voisin, les pompiers n'étaient intervenus avec leur grande échelle. Quand le capitaine m'arracha du cyprès et me descendit dans ses bras, ses hommes crurent que j'avais perdu connaissance. Ils se trompaient.

Je m'étais simplement endormi. Heureux. Papa ne m'avait jamais porté dans ses bras.

Je me réveillai dans une chambre de la petite caserne de Cormes. Il faisait chaud, des cantiques de Noël s'élevaient dans la pièce. En me redressant, j'aperçus le large dos d'un homme assis à califourchon sur une chaise et qui regardait la télévision. La messe de minuit, sans doute. Je dus faire un bruit involontaire car il se retourna brusquement.

— Ah! Monsieur l'instituteur sort du coma...

Sa voix était sans reproches.

— Pardon ?!

Mes souvenirs s'arrêtaient à la grande échelle. Mais l'homme prit ce « pardon » pour une excuse de ma part devant tous les désagréments causés.

— Oublions ça. Et je vais vous dire, mes collègues et moi, on a décidé de ne pas parler de votre petit numéro dans le rapport de nuit. Depuis le coup du taureau, on vous aime bien. C'est Noël, on ne voudrait pas vous porter tort ; les langues vont vite dans cette ville.

Et il rit tranquillement.

Ce rire me rassura.

— Je peux rentrer chez moi ?

— Quelle question ! Vous n'êtes pas en prison, ici. Et pour tout vous dire, ça m'arrange, j'ai de la famille qui m'attend.

Il éteignit le poste et rangea la pièce tandis que je me rhabillais.

— Vous vous sentez bien ? s'inquiéta-t-il lorsque j'ouvris la porte.

— Très bien, merci.

Il sortit derrière moi et ferma à double tour. Le froid nous saisit comme un piège à loup.

— L'année prochaine, trouvez-vous une

fiancée pour passer les fêtes. Au moins, comme ça, vous grimperez sur autre chose que le cyprès !

Il éclata une nouvelle fois de son rire généreux, me serra la main et disparut dans la nuit.

L'école se trouvait en face de la caserne, à la lisière occidentale de l'agglomération. Je traversai la cour sans un regard pour le cyprès qui avait déclenché une telle bonne humeur chez le pompier. Il serait bien temps demain de vérifier l'étendue des dégâts. A cet instant, je n'avais qu'une idée en tête : m'allonger sur les copeaux de ma chambre, entouré des soixante mètres de ma bibliothèque gravée MARIE I.

Je montai les escaliers de mon donjon.

Une ombre se tenait sur mon palier.

Jess !

J'allumai la minuterie.

— Qu'est-ce que tu fais là ?

Elle ne me répondit pas. Ses yeux me regardaient avec une fixité glacée. Ce regard, je ne devais jamais l'oublier et il devint, chaque fois qu'il réapparut dans les yeux de Jess, le signe annonciateur des évènements clés qui mèneraient au drame.

— Viens. Marie a besoin de toi.

C'est cette nuit-là que je m'aperçus qu'elle ne disait jamais « Maman ». Elle disait « Ma mère » ou « Marie ».

— Il y a longtemps que je t'attends.

— Où est-elle ? Elle est malade ?

— Je ne sais pas. Je n'ai que six ans... Je crois qu'elle perd du sang.

— Allons-y !

L'angoisse de Jess me gagnait peu à peu. Je la pris dans mes bras et dévalai les escaliers. Le contact du froid la fit pâlir, elle ne portait qu'une chemisette. Je l'enveloppai dans mon manteau.

— Vous habitez où ?

Son bras fit un geste vague vers la campagne enchassée dans la nuit.

— Là-bas... Je te guiderai. Il faut que tu prennes ton automobile.

Mon automobile, comme elle disait, était une vieille 2 CV usée. J'emmitouflai Jess à l'arrière et nous nous engageâmes sur la nationale. La route n'était qu'un ruban blanc bordé de fantômes. Par chance, la neige ne tombait plus. Sans à-coups ni dérapage, la voiture taillait son chemin.

Nous passâmes à côté de l'abri du taureau. Deux virages plus loin, Jess me fit stopper la voiture.

— C'est là.

Je soulevai la vitre en demi-lune de ma portière. Je ne devinais qu'un vaste champ, sans arbres ni maisons. Un lac blanc.

— Je ne vois rien.

Jess était déjà descendue de la 2 CV.

— Suis-moi.

Et elle s'élança dans le champ. Elle courait vite tandis que je m'enfonçais dans la poudreuse. Je la perdis presque de vue, on aurait dit qu'elle ne touchait pas le sol.

— Jess ! Attends-moi ! !

Mais elle ne m'entendait pas. Elle filait dans la nuit au secours de sa mère. Je ne la vis plus. Mon pied glissa dans une ornière et je trébuchai lourdement. J'eus l'impression que mon corps s'enfonçait dans une dénivellation du terrain, je sentis de la neige m'envahir la bouche. La panique s'empara de moi sans raison, brusquement. Je revis en un éclair mon premier bain dans l'océan, à cinq ans, cette vague qui m'avait renversé, l'eau qui m'étouffait, et maman qui m'avait tiré par les cheveux pour me sauver de la noyade. Je poussai un hurlement :

— Jess !

Une main agrippa la mienne. Une petite main chaude et ferme.

— N'aie pas peur. Je suis là.

Elle m'aida à sortir de la pente et me balaya la neige du visage. Je retrouvai mes esprits, un peu honteux. Je voulus plaisanter. Jess ne m'en laissa pas le temps. Déjà, elle reprenait la course. Cette fois, elle veilla à m'attendre. Nous ne parlions pas. Chaque pas pesait.

Enfin, je distinguai la caravane dans un coude du paysage. Une épave. Les roues avaient disparu, la peinture sur les côtés s'écaillait en larges taches rougeâtres, des chiffons bouchaient les fenêtres sans vitres.

— C'est ici, dit Jess.

Elle entra par la petite porte. Je la suivis à l'intérieur. Je vis immédiatement Marie allongée sur l'unique banquette. Elle était blême, les yeux mi-clos, comme sous l'effet d'une drogue. Une couverture remontée jusqu'au menton, elle tremblait et ses lèvres avaient une transparence bleuâtre qui m'impressionna. Je tremblais moi aussi et je m'aperçus que la caravane n'était pas chauffée. Je m'agenouillai près de la jeune femme.

— Madame, c'est moi... Christophe Radaux, l'instituteur de votre fille... Vous m'entendez?

Elle ouvrit les yeux. Son regard rencontra le mien et j'y lus une affreuse souffrance physique.

— Je vais vous aider.

Elle trouva la force de me sourire. Mon cœur explosa et je me jurai de doubler les rayonnages de ma bibliothèque si elle survivait.

La voiture était à plus d'un kilomètre, de l'autre côté du champ. Elle n'aurait jamais la force de marcher jusque-là. Il fallait agir, vite. Je regardai autour de moi ; tout était propre, rangé, malgré la misère. Jess était assise sur une table basse, au fond de la caravane, comme absente. J'eus une idée.

— Jess ! Trouve-moi une corde !

Je soulevai la table et la lançai dehors sur la neige, les pieds en l'air. Puis je pris délicatement le matelas de la banquette où reposait Marie et je le fixai solidement sur le fond de la table. Le traîneau était de fortune, mais il tiendrait un kilomètre. Je recouvris la jeune femme de toutes les couvertures que je pus trouver et, m'attelant à la corde, j'entrepris de tirer mon triste équipage.

Deux heures du matin sonnèrent à l'abbaye. Les nuages se dissipaient et la lune nous éclaira d'une lueur aveuglante en se reflétant sur la neige. L'air glacé m'emprisonnait les poumons, l'écho de mes ahans se heurtait au mur gelé qui cristallisait l'atmosphère. J'avançais péniblement, mètre après mètre. Malgré le froid, mes mains me brûlaient à trop serrer la corde. J'entendais dans mon dos le souffle fragile de Marie, et je me forçais à inscrire mes pas dans le rythme de sa respiration. Jess poussait le traîneau de toutes ses petites forces, mais elle ne m'était d'aucune aide. Nous allions trop lentement. Quand la demie sonna à l'abbaye, nous avions à peine franchi trois cents mètres. Les lèvres de Marie semblaient mortes. Je lâchai la corde.

— Jess, va chercher de l'aide… Cours vite ! Cours !

Un éclair brilla dans ses prunelles.

— Je sais qui peut nous aider !

Son rire traversa soudain l'hiver, la souffrance et la mort qui rôdaient. Le rire de quelqu'un qui va jouer un tour à la fatalité. Elle se mit à courir dans une direction perpendiculaire à celle de la voiture. Sa silhouette bondissait au-dessus du sol. Bientôt, elle ne le toucha plus.

Vingt-cinq ans ont passé depuis, je sais, et l'on ne manquera pas de me reprocher la fragilité de mes souvenirs. Cependant, j'affirme que cette nuit du 24 au 25 décembre 1970, dans ce champ des environs de Cormes, Jess vola. Quelle fut la signification de ce premier prodige ? Je l'ignore. Je ne fus que le témoin, non l'exégète. Mais j'y lus, cette nuit-là, la puissance de l'amour d'une fillette pour sa mère.

Tandis que Jess disparaissait sous la lune, je m'approchai de Marie. Je m'agenouillai derrière elle, je pris son visage transi et, me penchant sur elle, je l'enfouis sous ma chemise, tout contre mon ventre brûlant de mes efforts. Je savais la méthode efficace pour l'avoir apprise dans des stages de haute montagne ; peu à peu, je sentis ses lèvres se nourrir de la vie bouillante de mon corps. Combien de temps dura cette transfusion de chaleur ? Quelques minutes, guère plus. Mais elle me parut comme un rêve éblouissant. En sentant ses joues revivre contre mon ventre, ma bibliothèque prenait des proportions illimitées. Puis, d'elle-même, doucement, Marie retira sa tête. Ses longs cheveux blonds s'éparpillèrent sur la neige blanche. Ses yeux avaient retrouvé une flamme vacillante et plongèrent dans mon cœur. Qu'y cherchait-elle ? Un réconfort pour sa douleur ou une preuve de ma sincérité ? Je lui souris maladroitement. Elle prit ma main qu'elle serra à me faire mal et ferma les yeux à nouveau.

Le bruit sourd d'une galopade me ramena à l'urgence de notre situation. Je me tournai sur ma droite et distinguai un halo de poussière blanche qui fondait vers nous. J'eus d'abord un mouvement de recul ; et soudain, je compris ! C'était Ithos ! Le brave Ithos, avec Jess montée sur son énorme cou, qui galopait à notre secours ! Je me précipitai à leur rencontre, bondissant, hurlant de joie comme un naufragé enfin secouru. L'équipage pila net devant le traîneau. Je fis sauter Jess dans mes bras, je riais d'un bonheur enfantin, j'embrassai Ithos sur le museau. Même Marie partagea notre allégresse en frappant faiblement dans ses mains.

Le taureau se laissa atteler sans difficulté. Je m'assis sur le rebord arrière de la table, jambes écartées afin d'offrir un oreiller de mon ventre à Marie. Jess regrimpa sur le cou de la bête et émit un sifflement strident qui perça l'obscurité ; Ithos s'ébroua comme s'il concentrait ses forces et, peu à peu, le traîneau s'arracha au poids de la terre. Le taureau progressait par foulées courtes. Jess le guidait de la voix, des petits cris d'un langage seulement connu de l'animal et de l'enfant. De ma place, je voyais les membres postérieurs d'Ithos battre le sol avec une puissance majestueuse, les muscles courts bandés à claquer sous le cuir fauve scintillant de sueur. La neige s'envolait autour de nous comme des étoiles filantes. Le froid nous piquait les yeux mais nos larmes étaient des larmes d'ivresse. Ithos filait maintenant à une vitesse démesurée sur le lac blanc, et le bruit du vent contre le traîneau emplissait nos oreilles.

— L'automobile ! hurla Jess, tendant un

doigt triomphant vers la 2 CV qui nous apparut comme une terre promise.

Ithos ralentit sa course, attentif aux petits cris de son mentor. La table glissa vers la voiture et vint buter doucement contre les roues. J'installai Marie à l'arrière du mieux que je pus, ses couvertures étaient teintées de sang. Jess murmura quelques mots à l'oreille d'Ithos qui meugla et repartit d'un trot léger vers son enclos.

— Où on va? demanda-t-elle en montant à mes côtés.

Il n'y avait pas encore d'hôpital à Cormes, et le plus proche se trouvait à Marson, distant d'une trentaine de kilomètres. Je craignais que les très mauvaises conditions de circulation ne nous fassent perdre un temps trop précieux, voire même ne provoquent un accident.

— Le docteur Bailly! Lui saura.

Je démarrai et pris la direction du boulevard. Les rues étaient désertes, on apercevait de nombreuses fenêtres éclairées. A cette heure, les habitants de Cormes devaient finir les fonds de bouteilles. Marie s'était mise à geindre. La tache de sang sur les couvertures s'agrandissait.

Le docteur logeait au 96 du boulevard. Je

stoppai la 2 CV devant le porche et j'appuyai sur la sonnette. Une fenêtre s'ouvrit à l'étage. Des rires et de la musique s'en échappèrent.

— Qu'est-ce que c'est ?

— J'ai dans ma voiture une femme qui perd beaucoup de sang... Elle a besoin de secours !

— Le docteur Bailly n'est pas de garde ce soir. Allez voir le docteur Cormoils, rue de la Fontette.

La fenêtre se referma.

Le cabinet se trouvait à l'autre bout de la ville. L'hémorragie empirait. Je roulai aussi vite que la neige me le permettait.

Au 25 rue de la Fontette, personne ne répondit à mon coup de sonnette. Je découvris avec mon briquet une carte coincée dans la porte sur laquelle une écriture pressée avait griffonné :

En consultation extérieure
Merci d'appeler le 495.22.22. si urgence.

La police ! Il restait la police ! Eux s'occuperaient de Marie ! Le commissariat n'était pas loin. Laissant Jess veiller sur sa mère, je courus là-bas.

La grille était baissée. Je la secouai de toutes mes forces.

— Ouvrez ! Bon dieu ! Quelqu'un !

Une petite porte s'entrebâilla finalement. Une tête hagarde, avec une guirlande autour du képi et des boules dorées en guise de boucles d'oreilles, m'observa d'un œil vitreux.

— C'est quoi ce bordel ?

— Vite ! Il faut un hélicoptère ! Pour l'hôpital ! Je suis avec une femme qui est très malade ! Je vous en supplie !

Il regarda mes habits déchirés par l'ascension du cyprès, mon crâne rasé au-dessus de ma barbe de trois jours.

— Ras-le-bol de tes conneries, le clodo ! Va cuver ailleurs !

— Mais je suis pas un clochard. Je suis l'instituteur !

— Et moi, je suis le ministre de l'Intérieur ! Tire-toi, sinon j'appelle mes copains et on va te refaire la tronche. Merde, quoi, on a le droit d'être tranquilles ! C'est Noël !

Et il claqua la petite porte.

Je ne pouvais plus bouger. Le cauchemar. Ce

fut Jess qui me tira de mon hébétude. Elle m'avait rejoint. Elle sanglotait.

— Christophe ! Marie dit n'importe quoi... Y a du sang partout...

Je me précipitai vers la 2 CV. Marie essayait de se redresser, mais ses jambes ne la portaient plus. Elle délirait et ses mots qui me parurent alors incompréhensibles devaient prendre par la suite leur sens révoltant.

— Non... Pourquoi moi ?... Non, laissez-moi ! Je n'ai rien demandé... Pourquoi moi ?...

Je la rallongeai de force sur la banquette. Elle se laissa maîtriser et recommença à se plaindre, la tête en arrière, les yeux révulsés. Je soulevai les couvertures. Elle portait un simple pull qui tombait sur ses cuisses nues maculées de sang. Je réalisai seulement alors que Marie faisait une fausse couche et que l'hémorragie risquait de l'emporter.

— Jess ! Amène-moi de la neige ! Dépêche-toi !

J'ôtai ma chemise et je nettoyai du mieux possible le bas-ventre de la jeune femme. Puis j'y appliquai la neige que m'apportait Jess à pleines mains et je parvins à lui fabriquer une sorte de couche avec la couverture. Je pensais que le froid ralentirait le flux sanguin dans l'attente de soins véritables. On me confirma plus tard que ce geste lui avait sauvé la vie.

— L'hôpital de Marson. Il n'y a plus que ça...

Nous retraversâmes Cormes. Je haïssais cette ville égoïste, cette fête hypocrite, cette indifférence à la vie qui s'enfuyait du ventre de la mère de Jess.

Je repassai devant le poste à essence. La route nationale et son parterre blanc me firent l'impression d'un piège grossier. Trente kilomètres sur cette patinoire, c'était de la folie.

Quatre coups sonnèrent au clocher.

Je les entendis plus distinctement que les précédents : nous passions juste devant l'abbaye, tous phares allumés, tanguant sur la neige.

— Ils n'ont pas de médecin, à l'abbaye ?

C'était Jess qui avait parlé, très calme, et sa question ressemblait à une évidence. Je freinai trop brutalement, la 2 CV glissa en travers et vint heurter le mur d'enceinte. Marie poussa un cri. Elle rouvrit les yeux et aperçut la croix de la chapelle dans le reflet de sa vitre.

— Non... Pas l'abbaye... Pas l'abbaye...

Je crus qu'elle reprenait son délire, je la calmai en lui caressant le visage.

— Ne t'inquiète pas... Je veille sur toi.

Oui, je me souviens : c'est à ce moment-là que je la tutoyai pour la première fois. Ma voix la décontracta, elle répéta encore : « Pas l'abbaye... », puis elle se tut.

Je n'écoutai pas son avertissement. Je tirai sur la clochette du large portail. Un moine vint m'ouvrir aussitôt.

— Nous vous attendions.

Je n'étais pas en état de relever l'étrangeté du propos. Seule comptait Marie.

— J'ai dans ma voiture une femme qui fait une hémorragie, vous avez un médecin ?

Je me rappelle que je pleurai de désespoir, de fatigue et d'amour. J'étais torse nu, souillé du sang de Marie. Je claquais des dents. Il devait me prendre pour un géant illuminé.

— Ne soyez pas inquiet. Nous avons tout ce qu'il faut.

Il fit un geste et deux autres moines surgirent de l'ombre, comme s'ils avaient attendu toute leur vie ce moment-là.

— Prenez la femme et l'enfant.

La voix était devenue sèche. Les deux porteurs s'avancèrent. Ils étaient secs et anguleux sous leur bure. Ils allaient lui faire mal !

— Non ! Je la porterai moi. Je m'appelle Christophe Radaux... Je suis instituteur...

Je commençais moi aussi à délirer. Le moine-portier dut comprendre que ce n'était pas le moment de discuter.

— Soit. Suivez-moi.

Je pris Marie dans mes bras. Elle ne pesait plus rien. Elle blottit son visage contre ma poitrine et je sentis de la neige couler sur ma peau. Jess s'accrocha à mon pantalon et nous suivîmes le moine.

A partir de cet instant, ma mémoire se brouille. Je me souviens d'un long couloir, de murs de pierre voûtés, d'une salle faiblement éclairée où je déposai Marie sur un lit propre, d'un autre moine en blouse blanche. L'odeur d'éther aussi, sur le visage de Marie ; et sa main dans la mienne qui se relâche peu à peu.

Et puis le grand trou noir.

Quand je repris connaissance, l'aube se levait à peine. De la fenêtre de la chambre minuscule où l'on m'avait installé, je voyais la pâleur d'un rayon de soleil émerger des ténèbres enneigées.

Jess était roulée en boule contre moi, elle dormait.

On devait surveiller mon réveil car le moine portier entra immédiatement, sans un bruit. Je me levai.

— Marie ?

— Elle est sauvée. Elle était enceinte d'environ trois mois, elle a essayé d'avorter. Vous êtes arrivés à temps… Reposez-vous.

Il ressortit. Jess n'avait pas bougé. Je l'embrassai sur le front. Marie vivait.

A travers la lucarne, le soleil s'enhardissait.

Nous étions le 25 décembre 1970.

Un enfant à naître était mort dans la nuit de Noël.

Une autre venait d'avoir sept ans.

Marie resta dix jours à l'abbaye. Grâce aux soins de frère Georges, le moine-médecin, elle revint progressivement à une vie normale. Elle était installée dans une cellule à l'écart du bâtiment des hommes, une petite pièce avec un lit en fer et une chaise. Un aménagement spartiate dont elle ne se plaignait pas. La cellule était chauffée et, après les froidures de sa caravane, elle considérait cet élément de confort comme un luxe éblouissant. Je lui rendais visite une heure chaque jour, au moment du repas du soir. C'était l'unique permission que j'avais pu obtenir de nos sauveurs, sous la double raison de l'état de fatigue de Marie et des règles intérieures de l'abbaye. J'étais en effet reparti vivre chez moi dès le lendemain de la nuit dramatique, le frère supérieur Jean-Bernard (celui que j'avais pris pour le frère portier) m'ayant clairement expliqué que ma présence n'était pas utile durant la convalescence de la jeune femme. J'avais voulu emmener Jess avec moi. Frère Jean-Bernard s'y était opposé. La mère avait besoin de l'enfant pour diminuer les séquelles psychologiques de l'avortement, assurait-il. Comme Jess ne protesta pas, je la laissai aussi. Elle fut installée dans la cellule contiguë à celle de sa mère.

Ce fut durant ces dix jours que mes relations avec Marie entrèrent dans une phase nouvelle.

Lors de ma première visite, le 27 décembre, le soleil brillait, faisant fondre la neige dans les allées de l'abbaye. L'hiver, à Cormes, ne restait jamais longtemps. Marie se tenait droite sur son lit, ses yeux avaient retrouvé quelques oiseaux. Elle me sourit, de ce sourire que j'ai cherché en vain depuis vingt-cinq ans sur le visage de toutes les autres femmes. Mais sans doute était-elle plus qu'une femme.

— Merci, Christophe.

— De quoi ?

— Frère Georges m'a expliqué.

— Ithos y est aussi pour beaucoup. Vous vous rappelez ?

Je n'osais plus la tutoyer. Elle rit à cette évocation de notre attelage de fortune. Puis, d'un ton qui se voulait naturel :

— Vous connaissez tout de moi, maintenant...

Je rougis brusquement, ne sachant si elle faisait allusion à la caravane misérable ou aux soins sommaires que je lui avais prodigués sur la banquette de la 2 CV. J'optai pour la caravane...

— Vous ne pouvez plus vivre là-bas.

— Et où voulez-vous que j'aille ?

— Je pensais que chez moi... Je vous prête mon appartement... Pour vous dépanner...

Sa voix devint soudain sifflante :

— Et pour me nettoyer les cuisses et me remettre de la neige sur le ventre ? C'était sûrement excitant !

La violence de sa réplique me bouleversa. Je m'avançai, les mains en avant, comme pour la défendre contre elle-même. Ce n'était pas Marie qui pouvait dire cela !

— Ne me touchez pas ! Ne m'approchez pas !

hurla-t-elle. Je ne veux plus vous voir ! Allez-vous-en !

— Mais, Marie...

— De quel droit m'appelez-vous Marie ? Vous croyez que m'avoir sauvé la vie vous donne des droits sur moi ? Je ne vous avais rien demandé... Il fallait me laisser. Partez !

J'étais paralysé. Incapable d'analyser les motifs de l'agression. Comment aurais-je pu me douter qu'elle me donnait là une chance ultime de me retirer du jeu, de disparaître de la malédiction qu'elle devinait se tisser autour d'elle ? Comment aurais-je pu comprendre que derrière ces cris de haine se cachait un si grand amour ? Tout est si clair lorsque l'on se retourne sur ce qui fut.

Je sortis de la cellule. Frère Jean-Bernard était dans le couloir. La faible lumière qui tombait du plafond voûté jouait avec les ombres de sa silhouette : il me fit l'effet d'un inquisiteur.

— Alors, monsieur Radaux, le serpent attaque ?

Je ne compris pas ce qu'il voulait dire. Mais je n'aimais pas son ton. Seul le pouvoir qu'il avait sur mes droits de visite auprès de Marie m'empêcha de l'envoyer au sol. Je partis dans le jardin à la recherche de Jess.

L'enfant était assise sur un banc, le visage levé vers le ciel. Je l'appelai, elle ne me répondit pas. Je m'approchai, elle ne prêta aucune attention à ma présence. Elle semblait fascinée par ce qu'elle regardait en l'air. Je me baissai à sa hauteur afin d'avoir le même angle de vision qu'elle. Je compris alors : elle contemplait la croix dressée au sommet de la chapelle.

— Tu vois ce truc là-haut, Christophe ?

— Oui.

— On appelle ça « une croix ».

— Je sais.

— Ma mère m'a dit que je devais détester les croix ! cria-t-elle en jetant sur l'édifice une poignée de cailloux.

Je voulus la prendre dans mes bras, elle me repoussa brutalement et s'enfuit.

Ce soir-là, je partis désespéré de l'abbaye. Il me semblait avoir tout perdu en une nuit. L'amour de Marie, la confiance de Jess ; jusqu'à ma 2 CV que le choc contre le mur d'enceinte avait gravement endommagée. Je me rendis chez le garagiste qui avait treuillé l'épave ; elle croupissait dans un coin de l'atelier et son piteux état me parut le symbole de ma déroute.

— Faut pas la regretter, monsieur Radaux. De toutes les façons, elle était au bout du rouleau, essaya de me consoler le mécanicien, se méprenant sur les vraies raisons de mon désespoir.

— Je peux m'asseoir ?

— Mettez-vous dans le bureau. Je finis la vidange et je vous rejoins. On va bien trouver un moyen de vous la remplacer, votre voiture !

Je m'écroulai dans un fauteuil graisseux. Je me fichais bien de la voiture ! Je ne pensais qu'à Marie.

Des posters de starlettes tapissaient les murs. Aucune ne lui ressemblait. La table était jonchée de factures et de dépliants, des mégots débordaient d'un cendrier. Le journal du jour était ouvert à la page des informations locales. Mon œil balaya machinalement la feuille lorsqu'un titre attira mon attention : « FERIA SANGLANTE A CORMES ». Une photo illustrait l'article, le cliché d'un taureau que je reconnus aussitôt : c'était Ithos ! Je me précipitai sur le quotidien. Voici ce que je pus lire dans ce numéro du 27 décembre 1970, à la virgule près. L'article n'a jamais quitté mon portefeuille. Avec deux autres papiers qui devaient paraître les mois suivants, ce sont les seules preuves écrites que je possède de cette époque, de pauvres coupures jaunies à moitié effacées. Mais ma mémoire en a conservé les mots pour toujours.

La nuit de Noël n'inspire pas que des sentiments d'amour et de paix. Si on le savait déjà pour le genre humain, on ne pensait pas que nos amies les bêtes profitaient aussi parfois de la trêve sacrée pour épancher leurs mauvais instincts. Ainsi, le taureau « Ithos », appartenant à M. Girod, domicilié 12 chemin des Laurents, a-t-il semé la terreur la nuit dernière dans les fermes avoisinantes. Pour des raisons encore inconnues, le bovin de huit cents kilos a quitté son enclos et, après avoir parcouru sous la neige une distance de plus d'un kilomètre, a chargé une caravane située sur le champ communal, la détruisant de fond en comble, avant d'être abattu par le caporal Michard, dépêché sur les lieux par les appels des voisins terrorisés. Les habitantes de la caravane, Mme Marie Weies et sa fille, des gens du voyage fort discrets installés à Cormes depuis le mois de septembre, ne semblaient pas être présentes au moment du drame. Pourtant, la gendarmerie a relevé des traces de sang à l'intérieur et autour des restes de l'habitation, ainsi que des empreintes de pas d'homme. Plus curieux encore, les marques de ce qui serait un traîneau ont été notées au sol. L'enquête menée par le brigadier Quillet n'écarte aucune piste. Ni le corps de la femme, ni celui de l'enfant n'ont été retrouvés, mais les recherches se poursuivent. M. Girod a néanmoins souligné aux représentants de l'ordre que l'enfant, nommée Jess, avait l'habitude de venir traîner autour de l'enclos de l'animal, allant même jusqu'à le libérer. On se souvient en effet de l'émoi amusé que l'animal avait causé dans notre cité à l'occasion d'une leçon de choses très « musclée » à l'école primaire au début du mois. Alors, blague d'enfant qui tourne mal ou crime crapuleux déguisé en corrida macabre ? L'avenir nous le dira sans doute.

Je ne pouvais me détacher de la photo. On y voyait le corps d'Ithos gisant sur la neige, ses yeux morts tournés vers l'objectif. Et, le pied posé fièrement sur le cou énorme du taureau, la figure stupide du caporal qui se pavanait comme un Buffalo Bill de pacotille.

— Monsieur Radaux, faut pas vous mettre dans des états pareils ! C'était qu'une vieille 2 CV !

Le mécanicien me mit une main tremblante sur l'épaule. Je pense qu'il était ému qu'on puisse pleurer pour une voiture. Je ne cherchai pas à le détromper. Il n'aurait pas compris qu'Ithos était de la famille.

Il me vendit une 4L d'occasion à un prix dérisoire. Lorsque je quittai le garage, il me serra dans ses bras comme il sied à un vrai amoureux de la race automobile.

La mort d'Ithos bouleversa Marie. Lorsque je revins la visiter le lendemain, après une nuit d'insomnie, elle était assise sous l'auvent du réfectoire, une couverture sur les genoux. Elle me sourit d'un air grave et me parla aussitôt sans paraître se souvenir de la scène de la veille.

— Ils ont tué Ithos.

— Je sais.

— La deuxième mort.

— La deuxième ?

Elle me montra son ventre comme si elle eut montré une guillotine. Je lui pris la main, doucement.

— N'y pensez plus. Vous êtes vivante, vous. Et il y a Jess.

— Justement... Déjà deux morts. C'est le début.

— Le début de quoi ?

Elle retira sa main. Elle observa sa fille qui jouait avec une corde au fond du parc. La neige avait disparu, un soleil presque printanier inondait l'abbaye.

— Le début d'un mystère que nous n'éluciderons que lorsqu'il sera achevé.

— Je... je ne comprends pas.

— C'est bien ce que j'ai dit.

Jess lâcha la corde. Elle m'avait vu et courut dans notre direction. Elle se jeta contre moi et je reçus son innocence sur ma poitrine comme une évidence d'espoir. Je l'embrassai sur son crâne rasé.

— Ça ne repousse pas ?

— Ma mère a dit « Dé-fi-ni-tif ! »

Nous rîmes tous les trois. Que c'était bon après les heures tragiques vécues ensemble... Il y eut d'autres rires pendant les semaines qui suivirent. Comme des bouées au milieu de la tempête qui grondait autour de nous. A chaque fois, et cela me frappe lorsque j'y repense maintenant, ils étaient provoqués par Jess. Oui, Jess nous avait aussi appris la joie. Peut-être même n'avait-elle souhaité nous apprendre que cela.

— Christophe, Ithos est mort.

Elle ne paraissait pas malheureuse.

— Je sais.

— Pourquoi tu réponds toujours : « je sais » ?

— Je ne sais pas.

Et nous rîmes à nouveau.

— Il ne faut pas être triste pour Ithos, reprit Jess. Il avait fini son travail.

— Quel était son travail ? demanda Marie.

— Galoper sur la neige en tirant un traîneau et casser la caravane.

— Pourquoi casser la caravane ?

— Pour qu'on aille vivre dans une vraie maison.

L'arrivée de frère Jean-Bernard interrompit la conversation. Ce petit homme maigre, aux yeux globuleux sans cesse en mouvement, me déplaisait. Il donnait l'impression de toujours nous espionner et d'en savoir bien plus qu'il ne voulait en dire sur ses deux pensionnaires. Lorsque j'avais demandé à Marie si elle le connaissait, elle ne m'avait pas répondu. D'ailleurs, elle refusait de répondre aux questions sur son passé. Marie voulait rester une énigme. Une énigme dont j'étais éperdument amoureux.

— Madame, vous sentez-vous en état de vous rendre au parloir ? demanda frère Jean-Bernard.

— Que se passe-t-il ?

Marie avait répondu d'un ton sec. Elle aussi haïssait ce moine, c'était évident. Mais pour quelles raisons ?

— Des gendarmes désireraient vous poser plusieurs questions.

Marie saisit sa fille et la serra contre elle. Je vis renaître dans ses yeux la même violence qu'elle avait fait éclater contre moi la veille.

— C'est impossible. Je me sens très faible. Il faut que je me recouche. Jess, viens m'aider.

Elle s'appuya sur l'épaule de l'enfant et se dirigea vers sa cellule. Le moine la rattrapa.

— Madame, la police vous recherche depuis trois jours...

— Moins elle nous recherchera, mieux ma fille et moi nous porterons. Et ceci est aussi valable pour vous !

Ils échangèrent un regard de défi. Un sourire d'une formidable ironie éclaira le visage de Marie, et elle prononça ces mots dont je ne devais comprendre la signification que quatre mois plus tard.

— Vous n'êtes pas fatigué, depuis tout ce temps ?

Et elle se détourna. Frère Jean-Bernard devint écarlate. Il avança sa main pour l'arrêter. Je m'interposai, menaçant.

— Laissez-la. J'irai à sa place.

Il me toisa avec le même mépris impuissant que la nuit de notre arrivée.

— Bien. Je vous accompagne au parloir.

Il fit volte-face et s'éloigna de son pas sec qui crissait sur le gravier.

Marie m'effleura les doigts.

— Soyez discret. Rappelez-vous le bulletin scolaire...

Je me penchai pour lui embrasser la main et, avant qu'elle ne réagisse, je courus rejoindre frère Jean-Bernard.

Les gendarmes nous attendaient. Ils s'assurèrent de la santé des deux « disparues » et désirèrent savoir si Mme Weies pouvait apporter des éléments susceptibles d'aider les enquêteurs. Je leur racontai alors les évènements de cette nuit-là qu'ils consignèrent, soulagés, dans le procès-verbal. Le mystère s'éclaircissait, on pouvait classer l'affaire.

— Mme Weies compte-t-elle porter plainte contre le propriétaire du taureau ?

— Non, leur assurai-je, me souvenant des conseils de Marie. Elle ne donnera aucune suite judiciaire à cette affaire sur laquelle elle souhaite la plus grande discrétion.

— Mais où compte-t-elle habiter ? Vous comprenez que, sa caravane étant détruite, la municipalité n'a pas les moyens de la reloger. D'ailleurs, le droit de stationnement dans le pré communal expirait dans trois mois...

— Et, renchérit l'autre, sans logement, elle ne peut pas garder l'enfant. Il faudra qu'on prévienne la DASS. Vous êtes instituteur, vous connaissez la loi.

Jess séparée de sa mère ! Jess à la DASS ! Marie en mourrait. Je devais prendre une décision immédiate. J'avoue que je n'eus aucun mal à le faire, la nécessité venant à la rescousse de mes désirs les plus fous.

— Soyez sans crainte. Mme Weies et sa fille viendront s'installer chez moi dès que frère Georges, le médecin de l'abbaye, le permettra.

— Dans ce cas, si vous vous engagez à signer l'attestation de logement, tout est parfait.

Il griffonna encore quelques lignes et me tendit un exemplaire du procès-verbal.

— Il me faut la signature de la dame, là et... là. Un collègue passera le prendre demain. Ah ! Un dernier détail... Que fait-on des restes de la caravane ?

J'improvisai, mû par le sentiment que tout le passé de Marie devait disparaître si nous voulions être heureux ensemble.

— Brûlez tout ! Qu'il n'en reste rien !

— C'est entendu. Monsieur l'instituteur, mon père...

Ils nous saluèrent et sortirent du parloir. Frère Jean-Bernard me dévisagea. Il paraissait fort gai.

— Vous prenez des risques, mon petit, lança-t-il enfin, ce qui déclencha mon hilarité vu qu'il m'arrivait à la poitrine.

— Vous riez, continua-t-il. Profitez-en. Marie n'est pas celle que vous croyez... Vous pleurerez.

Je n'aimais décidément pas cet homme. Je m'approchai de lui, jusqu'à le toucher. J'aurais pu l'écraser d'un coup de poing. Il recula et sortit. Je pris son départ pour un aveu de défaite. J'avais tort...

Marie m'attendait dans sa cellule. Je lui rapportai les menaces des gendarmes au sujet de la garde de Jess, ma décision de faire détruire ce qu'il restait de la caravane. Elle m'écouta d'une oreille distraite, comme si ce monde ne la concernait plus. Elle qui s'enflammait la veille se détournait maintenant de ce qui avait été l'objet de sa colère. Jusqu'au bout, cette facilité de Marie pour passer de la passion la plus aiguë à une indifférence impénétrable devait me troubler.

— Alors, que proposez-vous ?

— Ma maison vous est ouverte, il vous faut une adresse fixe, pour la petite... Si cela peut vous rassurer, je peux aller loger ailleurs.

— Parfait. Nous irons donc chez vous. Jess sera heureuse.

— Et vous, vous ne le serez pas ? hasardai-je.

— Je vous promets d'essayer.

Elle m'embrassa sur la joue. Un baiser d'enfant, léger. Avec des lèvres de femme... Oui, c'était cela, Marie. Une enfant déguisée en femme, mise au monde uniquement pour donner la vie à son tour. Je croyais que nous étions du même âge : elle avait des milliers d'années. Elle avait l'âge de la première mère.

Les jours passèrent à l'abbaye, sans heurts. Les décisions que j'avais prises parurent ôter à Marie le fardeau de la responsabilité. Elle se remettait vite, les soins de frère Georges portaient leurs fruits. Chaque fin d'après-midi, nous passions une heure ensemble. Je continuais à éviter de lui poser des questions sur son passé, elle semblait se désintéresser du mien. Nous ne parlions pas non plus de l'avenir, le monde qui nous attendait derrière les murs d'enceinte recélait trop d'incertitudes. Nous étions ensemble, simplement. Je la tirais hors de sa cellule et nous nous promenions dans le parc ; elle s'émerveillait d'un oiseau volant dans le soleil couchant, de la forme bizarre d'un tronc d'olivier. Parfois, elle glissait sa main dans la mienne et je sombrais dans un bonheur béat. Les rayons de ma bibliothèque envahissaient l'univers, je construisais pour elle des maisons éternelles. Lorsque le froid piquait plus que de coutume, nous nous asseyions sur le banc adossé au mur de la chapelle qui était protégé du vent. Elle posait sa tête sur mon épaule et fermait les yeux. Je n'osais plus bouger. Oh, Marie, comme je t'aimais ! Marie... Comme je t'aime encore...

Jess devinait cet amour. Je crois qu'elle en était heureuse. Ou plutôt, soulagée. Elle me confiait sa mère, elle pouvait ne plus veiller sur elle. Je ne la voyais d'ailleurs presque pas. Elle s'était intégrée à la vie des moines, elle partageait leurs repas, leurs travaux dans le jardin. Elle s'était surtout attachée à frère Jean, un novice d'une vingtaine d'années, à la figure maladive mais toujours joyeuse. Comme si le mal qui paraissait le ronger de l'intérieur ne connaissait d'autre remède que la gaieté. Il était responsable de l'atelier de poterie et, sous ses conseils, Jess apprit les rudiments de cet art. Elle offrit son premier travail à sa mère, un cendrier aux contours maladroits.

— C'est très joli, ma chérie. Merci. Mais tu sais que je ne fume pas…

— Justement ! Comme ça, quand tu le casseras, tu ne seras pas malheureuse.

Ce sentiment du malheur à fuir, coûte que coûte, frappait beaucoup frère Jean qui s'était pris d'affection pour Jess. Son cœur simple et généreux avait du mal à comprendre les raccourcis intellectuels de sa jeune élève. Il ne savait y répondre que par le rire, un rire humble qui avouait son ignorance des mystères compliqués et qui s'appliquait à jouir du simple bonheur d'être. Jess aima tout de suite frère Jean. Elle me le dit le soir où elle me remit mon cadeau, son second travail de potier : un petit taureau aux lignes nettes. L'animal était ressemblant ; Jess paraissait plus douée pour la poterie que pour l'école. Le novice était bon professeur.

— C'est Ithos. Il a sauvé maman.

— Tu as raison. Il ne faut pas l'oublier, ce bon Ithos.

— Je ne l'oublierai jamais. C'était mon premier ami.

— Ne t'inquiète pas, tu en auras d'autres.

— Je ne m'inquiète pas. J'en ai déjà un autre.

— Qui ?

— Frère Jean. Il m'apprend à rêver avec mes mains. Il dit que je suis son disciple pour la poterie, mais que pour le reste, j'ai beau avoir sept ans, c'est lui mon disciple.

— Et toi, qu'en penses-tu ?

— Je sais pas. Je l'aime, ça, c'est sûr. Mais ma mère me dit tout le temps que l'amour, c'est dangereux. C'est parce que j'aimais Ithos qu'il est mort ?

— Je sais pas, répondis-je après un instant de doute.

Elle rit, comme frère Jean. Le même rire sain.

— D'habitude, tu dis : « Je sais. »

— Je sais ce qui est dans les livres.

— Il n'y a pas de livres sur l'amour ?

— Il y en a trop. C'est comme s'il n'y en avait pas.

Elle réfléchit un moment. J'étais accroupi à sa hauteur ; elle s'assit sur ma cuisse, mit ses bras autour de mon cou et me murmura à l'oreille d'une voix sourde :

— C'est pas parce que j'aimais Ithos qu'il est mort ; c'est parce que lui m'aimait.

Percevait-elle le sens réel de ses paroles ? Etait-ce un avertissement qu'elle me donnait ? Qu'importe, finalement. La phrase fut prononcée. Elle ne m'a jamais quitté depuis. Comme le petit taureau en terre cuite qui sommeille au fond de ma poche, une patte en moins, témoin bancal, avec Big Black, de ma confession.

Frère Georges accorda à Marie l'autorisation de quitter l'abbaye le 5 janvier 1971. Elle était guérie. La rentrée scolaire avait lieu le lendemain, il était temps d'emménager. Entre deux visites, j'avais profité de mes vacances pour installer au mieux mon deux pièces. Peintures du même bleu que la robe de Marie, cuisine modernisée, atelier de menuiserie descendu à la cave, j'avais tout refait à neuf pour être digne de la venue de mes locataires. Marie et Jess dormiraient dans ma chambre où la bibliothèque offrait d'immenses capacités de rangement ; moi, je m'installerais sur le canapé du salon. L'appartement n'était pas grand, mais on pouvait y vivre bien, surtout aux beaux jours avec sa grande terrasse d'où on apercevait la mer.

La veille de leur arrivée, le garde-manger était rempli, les lits faits, les bouquets de fleurs odorants. J'allai chercher Marie tôt le matin. Elle m'attendait assise sur notre banc, vêtue d'un pull et d'un pantalon que frère Georges avait dénichés. Le soleil lumineux de janvier éclairait son visage qu'elle offrait à la chaleur naissante du jour. Je l'admirai. Elle s'aperçut de ma présence et se leva aussitôt.

— Je suis prête. Et sans bagages ! C'est rare pour une femme, n'est-ce pas ?

— Nous irons vous acheter des habits, et tout ce dont vous avez besoin. Je vous promets deux valises pleines !

— Je n'ai pas de besoin. Jess, par contre...

— Elle ne manquera de rien.

— Je vous rembourserai. Je vais trouver un

travail et vous n'aurez plus à vous occuper de nous.

Je lui pris la main, elle ne se déroba pas à ce geste devenu familier entre nous. J'hésitais à parler. Elle me sourit, comme pour m'encourager.

— Marie, laissez-moi une chance.

Elle parut étonnée et me regarda avec reproche. Puis elle saisit mon visage entre ses mains et me parla lentement, comme à un enfant têtu qui ne veut pas comprendre :

— Ma vie ne m'appartient pas, Christophe. Mes sentiments ne m'appartiennent pas. Je n'existe que pour être la mère de ma fille ; et même cette fille ne m'appartient pas. Vous m'avez tirée d'une mort que je désirais, vous m'avez rendue à une vie que je n'acceptais pas. Vous me demandez de vous laisser une chance ? Alors, partez ! Partez sans vous retourner ! C'est la plus belle chance que je puisse vous donner.

J'étais découragé. Jamais elle ne m'en avait dit autant et je ne comprenais rien à ses paroles.

— Marie, je ne vois pas où vous voulez en venir. Tout ce que je sais, c'est que j'ai besoin de vous, et je... je sens que vous avez besoin de moi.

— Je n'apporte que la douleur.

— Je l'accepte.

Elle soupira. Un soupir d'impuissance. Je voyais qu'elle se débattait. Puis ses traits se détendirent.

— Je n'ai pas la force de lutter contre vous. Il était écrit que vous me sauveriez. Que vous m'aimeriez. J'abandonne. Mais je vous aurai prévenu.

Elle n'était pas fâchée, au contraire. Je la sentais apaisée d'avoir pris cette décision, de m'accepter dans son grand jeu aux règles inconnues dont elle m'avait entrouvert la porte.

Elle me tira fermement par le bras, en femme qui a pris une décision irrévocable.

— Allons chercher Jess.

Et sa voix me parut une symphonie.

Jess n'était pas dans sa chambre. L'atelier de frère Jean était désert. Le jardin potager aussi. L'abbaye semblait avoir cessé toute activité. J'entraînai Marie vers le réfectoire d'où j'avais cru entendre des voix. Je ne m'étais pas trompé. Ils étaient tous là, assis autour de Jess qui leur parlait. A travers la vitre, nous ne pouvions entendre ce qui se disait à l'intérieur. Mais on comprenait aux mines concentrées des frères que le sujet était d'importance.

— Qu'est-ce qu'elle peut leur raconter ?

Je craignais surtout qu'elle ne leur serve l'histoire du chat-péteur... Marie ne me répondit pas. Collée à la vitre, elle ne pouvait détacher son regard du spectacle de sa fille entourée de ces hommes attentifs. Une expression de frayeur s'incrustait peu à peu sur son visage, comme si elle voyait un cauchemar devenir réalité. Elle devint si pâle que je m'inquiétai. Je me collai à mon tour à la vitre. Rien ne me parut suspect. Jess parlait aux moines qui l'écoutaient et... J'eus soudain un choc. La petite ne leur parlait pas, elle leur lisait un livre. Un énorme ouvrage à la tranche dorée, posé sur un pupitre, que Marie ne quittait pas de son regard halluciné.

Jess, mon élève ignare du CP 4, savait lire !

J'eus à peine le temps d'enregistrer cet apprentissage spontané que Marie se saisissait d'une pierre et brisait la vitre avec une violence inouïe. Le fracas du verre éclaté provoqua un sursaut de panique chez les moines. Frère Jean-Bernard, d'un coup d'œil, avait jugé la situation.

Il se précipita vers Marie, mais en vain. Déjà la jeune femme sautait dans le réfectoire à travers la vitre brisée et s'emparait de Jess.

— Fichez-lui la paix ! hurla-t-elle.

— Marie..., essaya le frère supérieur.

Elle le coupa net.

— Quand donc nous laisserez-vous tranquilles ? Quand ! ?

Elle reculait vers la fenêtre tout en parlant, les tenant en respect avec un morceau de verre acéré. Deux moines sortirent du groupe et s'approchèrent. Marie plaça aussitôt l'arme sur la gorge de Jess.

— Non ! supplia une voix, et je reconnus frère Jean qui se jetait à genoux.

— Vous approchez, je l'égorge... Abraham et Isaac, ça vous dit quelque chose ? Vous vouliez de la symbolique, vous allez être servis !

Frère Jean-Bernard fit un geste. Les deux moines reculèrent. Lentement, Marie écarta l'arme et me passa sa fille par l'ouverture. Je récupérai Jess dans mes bras : elle était tétanisée, et à nouveau cette terrible fixité du regard.

— Et ne venez plus tourner autour d'elle.

Jamais. Sinon, cette fois-ci, je la tue. Tu entends, le moine, je la tue !

Marie nous rejoignit et nous courûmes jusqu'à la 4L. Précaution inutile. Frère Jean-Bernard ne nous poursuivit pas.

Je me souviens de l'épouvante dans laquelle me plongea cette scène. Le sentiment que les pièces d'un puzzle irréel se mettaient en place à mon insu, et pire encore, l'intuition que personne n'en voulait accepter l'image finale.

Ma voiture nous éloigna de l'abbaye.

Le compte à rebours était engagé.

L'existence commença vraiment le jour où Marie et Jess s'installèrent à l'école. Elle devait durer quatre mois. Depuis, je n'ai fait que subsister.

Marie habitait chez moi. Jess partageait notre vie. A mieux y réfléchir, il est insuffisant de dire qu'elle partageait notre vie ; elle « était » notre vie, la raison de nos levers matinaux, le centre de nos pensées, la source de nos joies.

Elle possédait le don de faire aimer chaque instant, comme des parenthèses uniques. Mais, avec elle, jamais ces parenthèses ne se refermaient : la vie semblait suspendue sur un souffle d'innocence.

Elle s'était installée dans le salon avec moi, refusant de partager la chambre de sa mère.

— Les crânes rasés avec les crânes rasés !

Marie n'avait pas insisté. Elle devait être rassurée de la savoir chaque nuit contre moi, David blotti au creux d'un Goliath pacifique. Au début, elle se levait la nuit pour venir nous voir dormir. Elle restait de longues minutes à nous observer à la lueur de la lune, je feignais le sommeil. Lorsqu'elle retournait dans sa chambre, soulagée par nos respirations régulières, le parfum de son corps ne me quittait plus jusque dans mes rêves. Seule la chaleur de Jess lovée sur ma poitrine m'empêchait de la rejoindre.

Cette frustration ne dura pas. Marie et moi fîmes l'amour dans la nuit du 12 au 13 janvier.

Tout se passa simplement, car l'amour est simple quand il est vrai.

Marie venait de rejoindre sa chambre. Elle nous avait vus dormir, elle avait déposé sur nos têtes un baiser tendre. L'humidité de ses lèvres m'avait laissé des marques de feu. Je gardais les yeux fermés, c'était la règle du jeu. Mais mon cœur, lui, battait à ciel ouvert. Jess dut s'en apercevoir. Sans doute s'en apercevait-elle d'ailleurs depuis le début des visites nocturnes de sa mère. Je ne le sus jamais ; il aurait fallu que je le lui demande « après » mais Jess ne s'intéressait pas au passé.

Elle s'était redressée dans l'obscurité. Je distinguais son regard qui me fixait sans ciller. Un regard de femme de sept ans.

— Marie t'attend. Vas-y.

La voix était calme, douce, mais je ne pouvais pas me tromper : c'était un ordre. Je tentai de me défendre ; j'avais quand même mon mot à dire.

— Dors et arrête de dire des bêtises !

— Pourquoi ? Tu veux pas ?

— Ça suffit. Tu ne sais même pas de quoi tu parles.

Elle n'a pas répondu. Je sentais qu'elle cherchait un argument incontournable. Je me retournai pour ne pas l'entendre. Alors la petite voix a dit :

— Tant pis... J'aurai pas de papa.

Je me suis redressé d'un coup : c'était le moment de savoir enfin.

— On a tous un papa. Mort ou vivant, un papa existe toujours.

— Moi, j'en ai pas.

— Ta maman ne t'a jamais rien dit ?

— Gabriel.

— Quoi, « Gabriel » ?

— Quand je lui demandais, elle me répondait « Gabriel », et elle pleurait. Alors, je lui demande plus. A quoi ça sert d'avoir une mère si c'est pour la faire pleurer ?

— A rien. Tu as raison.

— J'ai envie que tu sois mon papa. Pas toi ?

— Je peux être ton père en restant ici.

— Non ! Des parents, ça dort ensemble. Sinon, c'est des faux.

La nasse se refermait. Je lançai mes dernières grenades.

— Je ne sais pas si ta mère serait d'accord...

— N'aie pas peur. Je suis là.

C'était la seconde fois qu'elle me disait ces mots. La première fois, c'était pour me sauver de la neige. Maintenant, c'était pour m'adopter. Elle s'était levée. Sa volonté prenait le pas sur mon affolement. Jess avait raison : j'avais peur. Elle me prit la main et me guida jusqu'à la porte de Marie.

— Bonne nuit, papa.

Elle m'embrassa sur les deux joues et retourna se coucher. Debout devant la porte close, je sentais son regard me pousser dans le dos. Alors, au seul nom de la confiance dans la parole d'une enfant de sept ans, je tournai doucement la poignée.

La chambre était dans le noir, les rideaux étaient tirés. Je m'approchai du lit, je connaissais la pièce par cœur. Au pied du sommier, je m'arrêtai. J'entendais le souffle de Marie, irrégulier. Elle ne dormait pas.

Peu à peu, mes yeux s'habituèrent à l'obscurité. Je découvris les contours de son corps sous les draps, les entrelacs de ses cheveux sur l'oreiller, le dessin de ses yeux aux cils si fins. Elle me regardait. Je ne bougeai plus.

Combien de temps dura cette attente immobile ? C'est long, l'espoir. Je me rappelle seulement que sa voix était un murmure quand elle brisa le sortilège :

— Puisque telle est sa volonté…

Je ne voulais pas lui faire de mal. Son regard me suffisait.

— Marie, rien n'est obligé.

— C'est pour cela qu'il faut accepter. On ne peut pas lutter contre la liberté.

Elle approcha son visage du mien.

— Viens. Il reste peu de temps.

Nous fîmes l'amour en silence, comme deux adolescents vierges. Chaque baiser était une offrande, chaque caresse un don. Notre jouissance en devint inattendue. Nous nous endormîmes sans avoir échangé un mot. Nos corps avaient tout dit. Jusqu'au dernier jour, même au pire de la tourmente, ils demeurèrent pour Marie et moi une escale où s'adouciraient nos souffrances.

Lorsque Jess nous rejoignit au matin, la pluie s'était mise à tomber. Une pluie froide qu'un vent lourd cinglait contre la fenêtre. A l'abri dans la chaleur du lit, il me sembla que rien ne pourrait plus détruire ce bonheur à peine né.

Les sept semaines qui suivirent furent si belles que j'en avais oublié les pressentiments de Marie. Je la revois heureuse, ce dimanche de balade sur le plateau de Saulne. Elle me tient par la taille, elle marche pieds nus sur le sol aride. Je la réprimande, elle va attraper une pneumonie. Elle rit et m'embrasse dans le cou. Jess court devant nous, elle cherche des pierres rondes.

Je revois nos dîners dans l'appartement minuscule. L'un de nous trois prend un livre, nous avons dévalisé la librairie de Cormes pour garnir les soixante mètres de « MARIE I ». Le jeu consiste à ouvrir une page au hasard et à se laisser entraîner par les phrases. Jess lit toujours le plus longtemps. Marie s'endort dans mes bras. J'écoute la voix de la fille en contemplant la mère.

L'école avait repris, Jess donnait enfin sa pleine mesure. L'épisode du réfectoire de l'abbaye l'avait piégée : elle ne pouvait plus tenir son rôle de cancre. Elle se révéla d'une intelligence scolaire exceptionnelle. Au point que je dus lui préparer un programme plus adapté à ses capacités. Très vite, le bruit courut dans l'établissement que la jeune Jess était une surdouée. La directrice vint s'enquérir dans la classe de ses progrès, l'inspecteur en personne se déplaça et, à la vue des tests, proposa un placement dans un institut pilote. L'école entière protesta, élèves comme enseignants. Une pétition circula pour exiger le maintien de Jess à Cormes. L'inspecteur renonça à son projet, frappé par l'attachement de tous pour cette enfant. Il est vrai que la cote de Jess, déjà haute avant Noël, avait atteint des sommets. Pendant les récréations, ses adversaires n'étaient plus qu'une poignée. Les combats d'antan avaient fait place à de grands jeux où des hordes d'enfants joyeux parcouraient la cour en tout sens, conduites par le crâne rasé de Jess. Les femmes de service, Mary Poppins en tête, se battaient presque pour servir sa table au réfectoire. Des parents se vantaient que leur fils fût l'un de ses intimes, chaque maîtresse exigeait la priorité de son inscription dans leur classe pour les années futures. Je contemplais cette effervescence avec amusement et, je dois aussi l'avouer, avec une certaine autosatisfaction. Mon rôle de père me rendait heureux et j'avais l'orgueil de croire que le nouveau mode de vie de Jess était pour beaucoup dans sa métamorphose.

Mon bonheur d'alors reste ma seule excuse. Marie, elle, ne baissait pas sa garde devant l'ennemi qui rôdait. Elle avait raison. Trois incidents auraient pourtant dû m'alerter.

Le premier eut lieu le 30 janvier, quatre jours avant la visite de l'inspecteur. La popularité de Jess ne cessait de croître. La maman du petit Timothée l'avait invitée au goûter d'anniversaire de son fils. Marie, d'habitude intransigeante, avait fini par accepter sur mes conseils. Je pensais que le meilleur moyen de ne pas marginaliser Jess (sa grande crainte) était de la laisser s'intégrer à la vie sociale des enfants de son âge. J'accompagnai Jess dans une jolie maison, à l'écart de la ville. Tous les élèves de ma classe avaient été conviés, une ambiance de fête régnait dans le grand salon aménagé en aire de jeux. La maîtresse de maison me proposa de revenir vers quatre heures partager le goûter des enfants.

— Timothée serait tellement content ! Vous viendrez, promis ?

Je promis. J'avais deux heures devant moi. J'accompagnai Marie à la piscine pour sa leçon hebdomadaire. Elle ne savait pas nager. Je lui avais demandé d'apprendre, en prévision des grandes vacances. Que de projets avais-je alors !

Au retour, je la déposai à la maison. Je me souviens de son odeur de chlore quand je l'embrassai sur le front avant qu'elle ne descende de la voiture. Parfum entêtant qui revient me hanter parfois, vieux compagnon des jours enfuis.

Je revins chez Timothée. Le goûter commençait à peine, les enfants se partageaient le gâteau piqué de sept bougies. Jess paraissait heureuse. La maman distribuait serviettes et bonbons. Elle s'inquiéta soudain :

— Tim, où sont les boissons ?

— J'sais pas, m'man. T'en as pas acheté ?

— J'ai dû les oublier au magasin.

La joie des enfants tomba d'un coup.

— Mes pauvres enfants, je n'ai que de l'eau à vous proposer.

— Du jus d'orange ! Du jus d'orange !

— Quand on a vraiment soif, on ne fait pas les difficiles. Je n'ai pas de jus d'orange, je suis désolée.

Le petit Timothée se mit à pleurer. La fête était gâchée. Jess prit la parole.

— Timothée, pleure pas. Je sais où y a du jus d'orange.

Puis s'adressant à la mère :

— Madame, vous avez une réserve ?

— Oui... Pourquoi ?

— Je suis sûre qu'il y a du jus d'orange dedans.

Intriguée, la maman sortit. Les pleurs de Timothée reprirent.

— Mais il y a que du vin, dans la cave. J'aime pas le vin.

— Tu vas voir, Tim. Ça va être drôle.

Un cri de surprise l'interrompit. La maman revenait les bras chargés de bouteilles de jus d'orange !

— Mes enfants, nous sommes sauvés ! Regardez ce que j'ai trouvé dans la réserve ! C'est à n'y rien comprendre... Comment tu savais cela, toi ?

Jess sourit d'un air innocent.

— Un coup de chance.

Timothée exultait. Jess l'embrassa.

La maman me regarda, troublée.

— Je ne mets jamais de jus d'orange dans la réserve, monsieur Radaux.

— Il faut un début à tout !

Et je ris très fort pour éloigner l'inquiétude qui me gagnait à mon tour.

Plus tard, pendant le court trajet de retour en voiture, j'interrogeai Jess.

— Comment savais-tu que le jus d'orange était dans la réserve ?

J'étais presque en colère, comme si elle avait menacé notre bonheur tout neuf avec ce tour de passe-passe. Je fixais la route pour éviter de la regarder.

— Je ne sais même pas ce que c'est une réserve.

— Arrête de mentir !

— Je ne mens pas. Je voulais juste que Timothée ne pleure plus. Pourquoi tu me grondes ?

Je tournai la tête vers elle, excédé. Des larmes coulaient sur ses joues. Ma colère tomba d'un coup. Je la serrai contre moi. C'est elle qui avait raison : il ne fallait plus que Timothée pleure. Le trajet se termina sans un mot.

Je rentrai la voiture dans le garage. Jess avait séché ses larmes. Sa voix était redevenue ferme quand elle me dit :

— Papa, ne raconte rien à Marie. Elle s'inquiéterait pour rien.

Je ne lui répondis pas, mais je lui obéis.

Je compris beaucoup plus tard qu'il aurait en effet été inutile que Marie sache cela AUSSI.

Le deuxième incident se passa dans les premiers jours de février. Je ne me rappelle plus la date exacte, mais il y avait eu un fort orage ce jour-là. De cela, je me souviens parce que les enfants jouaient sous le préau pendant la récréation de l'après-midi. Les cris des élèves résonnaient en une note stridente sous le béton. Comme abasourdie par ce bruit, Jess s'était assise contre le pilier le plus excentré, traçant des signes imaginaires sur le sol à l'aide d'un bâtonnet. Autour d'elle, les jeux créaient un tourbillon dont elle semblait ignorer l'existence.

Je l'observais. Ses cheveux repoussaient, un fin duvet blond qui chatouillait la main. Marie ne tarderait pas à y passer le rasoir. Elle m'appelait « papa » en classe, maintenant. Les autres enfants s'étaient étonnés.

— C'est pas ton vrai père. T'as pas le droit !

— C'est à cause des marchands d'esclaves, leur avait-elle répondu. Ils voulaient m'emmener en Amérique parce que j'étais orpheline. Il me fallait vite un papa, sinon...

— C'est même pas vrai !

— Si vous ne me croyez pas, je leur téléphone

en leur disant que vous êtes orphelins. Ils viendront vous enlever sur leurs dromadaires.

La menace des dromadaires avait calmé tout le monde. Jess avait pu continuer à m'appeler papa.

Des hurlements aigus me tirèrent de mes pensées. Une échauffourée avait éclaté près des toilettes. Je me précipitai. Une fillette du CM 2 était prise à partie par une bande de garçons. Je lançai un ordre : la dispute cessa. Aussitôt, un cercle se fit autour des combattants.

La fillette gémissait, le pull déchiré, une pommette en sang. Le meneur des garçons, un redoublant de douze ans nommé Pierre, gaillard impulsif et insolent, attaqua d'entrée :

— Monsieur Radaux, c'est la faute de Vanessa. Elle arrête pas de venir nous embêter dans les cabinets. Elle se moque de... de nos...

Il hésitait, mordillant sa manche.

— De ton zizi ! fit une voix dans la foule.

— Normal, il est tout petit ! dit une autre.

Les rires fusèrent. Je dus retenir Pierre qui voulait assommer les moqueurs.

— Silence ! criai-je.

— C'est eux qui ont commencé, balbutia

Vanessa. Ils se moquent de moi parce que je suis grosse. Alors, je me venge.

— A mort les grosses ! hurla un gamin.

— Les garçons sont des cochons ! répliqua une grande fille maigre.

Les insultes se remirent à pleuvoir. Je perdais le contrôle de la situation. Ce fut Pierre qui reprit les choses en main. De son timbre cassé d'adolescent précoce, il vociféra une proposition qui fit l'unanimité.

— Demandons à la naine définitive ! Elle dira ce qu'il faut faire.

Tous acquiescèrent. Ce qui montre l'étendue du pouvoir qu'exerçait Jess sur l'école. D'un seul mouvement, les enfants la cernèrent. Pierre montra Vanessa du doigt.

— Eh, la naine, est-ce qu'on doit la punir quand elle nous embête dans les cabinets ?

J'avais décidé de ne pas intervenir. Ma courte expérience m'avait appris que la plupart des conflits entre enfants peuvent et doivent se résoudre entre enfants.

Je voulais surtout savoir comment réagirait Jess.

Elle écrivait toujours sur le sol ces signes mystérieux, comme indifférente à la question. Elle paraissait si chétive contre son pilier. Le silence se fit. Un silence tendu, chargé d'une attente respectueuse. On put entendre le crissement du bâtonnet sur le ciment. Jess releva la tête, scruta Pierre d'un œil clair et parla lentement.

— Et toi, t'as jamais essayé de regarder les filles quand elles font pipi ?

Pierre hésita un instant, ouvrit la bouche pour répondre, puis se ravisa. Il lança un regard mauvais à Vanessa et battit en retraite. La sonnerie mit fin à l'affaire.

J'étais fier de Jess.

Je n'avais pas encore appris que la fierté rend aveugle.

Le troisième incident, le plus grave, eut lieu le 8 février, à deux semaines des vacances d'hiver.

Le rituel de la sortie des classes se répétait, toujours le même, et nous ne nous en lassions pas. Les enfants qui trépignent dans le couloir, les mères qui battent la semelle dans la cour. Et puis la libération : tous ces bras qui s'ouvrent, tous ces amours qui se retrouvent. Marie est près du portail, adossée au cyprès, celui des guirlandes. Jess ne court pas vers elle. Elle marche d'un pas contenu, pour mieux profiter du bonheur de la savoir là. Alors Marie tend la main, l'attire d'un geste affectueux, lui caresse le crâne. Jess se blottit contre ses jambes, jeune pouliche avide de chaleur. Puis seulement, Marie lève la tête et me regarde. Je m'approche avec mon cartable, rien d'autre ne subsiste que ses yeux. Elle les garde ouverts quand elle m'embrasse. Ses lèvres sont des grèves de sable chaud.

Nous savions que la rumeur allait bon train. La mort d'Ithos, l'article dans le journal : Marie n'était pas une inconnue. Mais autant Jess attirait les enfants comme les adultes, autant sa mère déclenchait des réflexes de rejet. La petite ville de Cormes n'aimait pas les filles-mères ; cette époque cultivait encore l'hypocrisie. De plus, Marie était arrivée dans une roulotte, ils ne l'oubliaient pas. Notre liaison n'arrangeait rien. Cinq mois après la rentrée scolaire, je ne correspondais toujours pas aux canons pédagogiques… Et comme nous ne faisions rien pour cacher notre tendresse, les regards qu'on nous lançait près du portail n'étaient jamais aimables.

Nous nous en moquions. Nous avions décidé de vivre. Marie encore plus violemment que moi. Je croyais au Temps, elle le combattait et ignorait le monde qui nous épiait. J'espérais que c'était de l'amour ; ce n'était que de l'urgence. Mais peut-être l'urgence est-elle la seule façon d'aimer vraiment.

Donc, ce 8 février, j'avais rejoint Marie au portail, comme d'habitude. Nous allions nous embrasser quand la directrice attaqua :

— Monsieur Radaux, je ne pense pas qu'une cour d'école soit l'endroit désigné pour ce genre de... démonstration.

Elle parlait à mi-voix, mais elle ne put empêcher l'attroupement. Les moralisatrices du portail étaient aux aguets. Je jouai l'étonné.

— Quelle démonstration ?

— Vous savez bien ce que je veux dire.

— Non.

— Les baisers, monsieur Radaux. Les baisers...

Marie serrait mes doigts si fort que je crus qu'elle allait défaillir. Autour de nous, les regards prenaient des teintes de loup. Cette meute de haine, je devais la revoir quelques semaines plus tard... Pour l'heure, ce fut Jess qui la désarçonna d'une phrase.

— Et alors ? Pourquoi mon père n'embrasserait pas ma mère ?

Des cris fusèrent de la meute. Je les entends encore vingt-cinq ans après : un feulement de bêtes piégées. La directrice s'agenouilla à hauteur de Jess.

— Mais M. Radaux n'est pas ton papa.

— Si. Depuis pas longtemps, d'accord, mais quand même. D'ailleurs, ils vont se marier.

La perspective du mariage dérida la directrice. Elle se releva et nous regarda avec un intérêt nouveau.

— Ils s'aiment, continua Jess. Madame, vous connaissez un truc mieux que l'amour ?

Elle avait touché juste. La directrice, prise d'une impulsion soudaine, nous embrassa tous les deux.

— Dans ce cas, vive les mariés !

L'attroupement hésita. Un applaudissement partit du fond ; c'était Mary Poppins. Un autre suivit : c'était Jess. Puis les enfants s'y mirent, peu à peu imités par les parents. Bientôt, la cour entière crépita d'acclamations. On nous donnait l'accolade, on nous secouait les mains. Marie remerciait d'un air timide, son sourire humble triomphait enfin des aigreurs. Je la protégeais du mieux que je pouvais de la pression de la foule dont, inexplicablement, l'exaltation croissait. A croire que l'annonce par Jess d'une bonne nouvelle avait suffi à ouvrir les cœurs.

Il m'apparut alors comme une évidence que Marie et moi n'étions que des prétextes à cette euphorie : seule comptait pour ces gens la prise de parole de Jess. Aurait-elle décrété la suppression des cartables ou l'élagage des cyprès que tous auraient succombé au même bonheur. Marie devait raisonner comme moi : son visage s'assombrissait à mesure que montait l'euphorie. Non pas qu'elle fût déçue de n'être pas le centre réel de cette fête, elle était de ces êtres qui n'ont besoin de personne pour se sentir vivre ; mais elle avait vu dans ces démonstrations la possibilité de sortir enfin de sa marginalité sociale. Elle réalisait à présent qu'il n'en était rien. Au contraire. Le pouvoir qu'exerçait sa fille sur les enfants de l'école s'étendait maintenant sur les adultes et il avait suffi pour cela qu'elle promette de l'espérance. Ce fut ce jour-là que je commençai à comprendre les angoisses de Marie. Tout n'était pas clair, certes. Mais, au milieu de l'allégresse de cet après-midi, le voile de mon aveuglement reçut sa première déchirure. Les semaines d'insouciance prenaient fin.

La sonnerie de l'étude clôtura les réjouissances. La directrice nous embrassa une dernière fois, les parents s'en allèrent presque à regret. Je me souviens que Jess ne parla pas tout de suite. Elle regardait cette cour soudain vide. Je devinais le doute dans ce regard. De toute cette exaltation qu'elle avait provoquée ne restaient que des poteaux de basket-ball plantés comme des géants stupides.

— Qu'est-ce qui s'est passé ? murmura-t-elle.

Et cette question ressemblait plutôt à un aveu de sa puissance. Celle qu'elle découvrait vraiment pour la première fois. Je tentai la dérision.

— Oh ! Trois fois rien. Tu nous as mariés...

— Vous n'êtes pas forcés. C'était juste pour voir...

— Pour voir quoi ? s'inquiéta Marie.

— Si ça marchait.

— Si quoi marchait ?

— L'amour.

La gifle partit d'un trait, sèche, brutale, qui fit chanceler Jess. Une autre suivit, puis une grêle de coups. Marie était déchaînée.

— Je t'interdis ! hurlait-elle. Je t'interdis de prononcer ce mot-là, tu entends ? Je veux que tu sois méchante, vilaine, maudite ! J'exige que tu sois une ordure, comme tout le monde !

J'essayai de la ceinturer, mais elle se débattait. Les coups pleuvaient sur Jess qui ne bougeait pas, comme si cette violence lui était due. Je réussis enfin à la maîtriser. Elle tomba à genoux devant sa fille. Elles se dévisagèrent comme deux ennemis qui se découvrent une fois les masques tombés. Jess parla. Je ne reconnus pas sa voix :

— Tu es qui pour me taper ?

— Je suis ta mère. Ta maman ! Tu sais ce que c'est ? Pourquoi tu ne m'appelles jamais « maman » ?

Elle hoquetait, son corps tremblait.

La réponse claqua avec la même sécheresse que la première gifle :

— Je ne te connais pas, dit Jess.

— Ta maman... Tu comprends ? Ta maman...

Elle sanglotait à ses pieds, comme une amante abandonnée. Je les détestai soudain toutes les deux. Jess, pour le mal qu'elle faisait à Marie. Marie, pour cette passion qui la liait à Jess. J'eus à ce moment l'envie de les laisser là, de fuir ce drame dont j'étais le voyeur impuissant et ridicule. L'arrivée de la directrice, alertée par les hurlements de Marie, m'en empêcha.

— Mon Dieu, que se passe-t-il ?

Marie ne bougea pas, agrippée aux pieds de sa fille. La directrice s'énerva ; on perturbait son étude.

— Monsieur Radaux, répondez-moi ! Que signifie ce... cette scène ?

J'écartai les bras, en signe d'ignorance. Alors, Jess eut cette parole terrible :

— Tous ceux qui m'aiment sont ma maman.

Marie reçut la phrase comme une révélation. Elle redressa la tête. Ses yeux étaient devenus secs. Son orgueil de femme avait vaincu sa détresse de mère.

— Tu as raison. J'oubliais qui tu étais.

Sa voix était celle d'une machine. Elle se releva.

— Je suis désolée de cet incident, madame la directrice. Il ne se renouvellera plus.

La directrice s'adressa timidement à Jess.

— Tout va bien, ma petite ? Tu n'as besoin de rien ?

— Non, merci, madame. J'ai Marie et Christophe. Ils sont très gentils avec moi.

Jess lui sourit. La directrice fut rassurée et repartit dans sa classe. Mais, jusqu'au bout, elle devait garder de cette scène une réticence envers Marie.

Curieusement, un épisode aussi dramatique ne pesa pas sur notre maisonnée. Au contraire, il parut libérer Marie d'une pression supplémentaire. De même que le jour où, à l'abbaye, elle avait enfin accepté de venir vivre chez moi, cette nouvelle décision de se soumettre à la volonté de Jess sembla l'apaiser. Comme si, en se défaisant des responsabilités, en se soumettant à des choix qu'elle n'avait plus la force de combattre, elle espérait en retour échapper aux souffrances à venir. J'avais voulu l'aimer à tout prix ? Elle s'offrait sans fausse retenue. Jess se détachait d'elle ? Elle assurait son intendance. Jamais elle ne se plaignit. Elle se glissa dans la peau du personnage qu'on attendait d'elle, attentive à notre bien-être. Je la croyais heureuse. Je mesure aujourd'hui combien je me trompais. Elle cherchait simplement à circonvenir le malheur, à l'amadouer en feignant d'oublier ceux qu'il devait attaquer. Peut-être pensait-elle qu'il passerait son chemin, qu'il n'inscrirait pas sa griffe de sang sur le linteau de notre porte si on ne le craignait plus. Ma chère Marie, ma si belle Marie, je ne comprends qu'aujourd'hui ces vaines tentatives, ces enfantillages d'une âme que consumait l'angoisse. Que n'ai-je su alors t'aider au lieu de jouir égoïstement de ce bonheur que tu me donnais ? Pourquoi ne pas t'avoir forcée à me révéler tes certitudes lorsque tu te réveillais en pleine nuit, en sueur, les yeux hagards, au sortir de cauchemars qui tourmentaient ton visage ?

— Ne t'inquiète pas, me disais-tu. Un rêve idiot, ça va passer.

Et, pour calmer mes doutes, tu me faisais

l'amour. Tu criais ton plaisir pour étouffer ta douleur, et je n'entendais rien. Pardonne-moi, Marie, de t'avoir si mal aimée.

Le carnaval était prévu pour le 23 février. C'était, m'expliqua la directrice, un moment important de la vie de l'école. Depuis l'épisode du mariage, elle venait souvent dans ma classe. Elle s'asseyait au fond, me faisait signe de continuer comme si elle n'était pas là, et ne quittait plus Jess des yeux. Puis, quand elle avait fait « le plein », elle repartait discrètement. Durant une de ses visites, elle me demanda ce que je pensais organiser pour cette fête du 23 février.

— Je ne sais pas.

Depuis ma rencontre avec Jess, j'en savais de moins en moins sur de plus en plus de choses...

— Mais il faut savoir, monsieur Radaux. Tous les autres instituteurs ont prévu une animation, vous ne pouvez faire bande à part. Et puis, continua-t-elle plus bas, Jess ne peut rester en dehors de cette fête. Vous savez autant que moi l'importance qu'elle a prise dans l'école. Les enfants et les parents ne comprendraient pas.

— N'exagérons rien.

Je protestai pour la forme : elle n'exagérait pas.

— Allons, monsieur Radaux... Lorsqu'on a la chance d'avoir une enfant si douée, on ne la garde pas pour soi ! On la partage.

— Jess n'est pas un cake...

— Ne vous entêtez pas. Préparez une animation, avec Jess en vedette, sinon...

Elle hésita.

— Sinon ? demandai-je, curieux.

— Je la change de CP. J'en ai le pouvoir. Au revoir, monsieur Radaux.

Elle sortit. L'idée de ma classe sans la fille de Marie m'était insupportable : il fallait donc une animation. Ce fut Jess qui en trouva le thème. Elle seule était capable d'imaginer pareille idée.

Voici l'article relatant ce carnaval de l'année 1971. Après celui consacré à la mort d'Ithos, ce fut le deuxième qui fit allusion à l'existence de Jess. Daté du 24 février, il décrit mieux que ne le ferait ma mémoire subjective l'ampleur de son entreprise.

VENT DE FOLIE SUR CORMES

Hier s'est déroulé dans les rues de notre cité le traditionnel carnaval de la Saint-Polycarpe. Comme chaque année, commerçants, associations, bénévoles et élus se sont associés à la population pour que le Grand Corso connaisse son succès habituel. Un succès qui a dépassé cette année les espérances de tous grâce à l'initiative des enfants de l'école primaire. En effet, ceux-ci, sous la responsabilité de l'équipe pédagogique dirigée par la directrice, Mme Boursoux, organisèrent un extraordinaire spectacle ambulatoire intitulé : L'Enfant qui recherchait l'Amour. Une fresque qui réunissait les deux cents élèves de l'établissement et qui remonta tout le boulevard sous les applaudissements d'un public ravi. En tête du cortège, la jeune Jess Weies, juchée sur une ânesse blanche, jouait le rôle-titre avec un naturel étonnant pour une actrice de cet âge. Autour d'elle s'animaient différents groupes d'apprentis comédiens mimant, à certaines stations du trajet, les embûches qui freinaient l'Enfant dans sa quête. Furent ainsi successivement représentés le Mensonge, l'Hypocrisie, la Convoitise, la Lâcheté, l'Egoïsme et la Mort. Mais là où aucune de ces figures symboliques n'avait pu entraver la marche de l'Enfant, l'enthousiasme des spectateurs faillit bien, lui, y réussir ! Sans doute touchée par les sentiments de pureté et de vérité qui se dégageaient de cette déambulation, la foule sauta par-dessus les barrières à hauteur de la place et envahit la chaussée pour accompagner le cortège. Les cent derniers mètres qui séparaient l'Enfant de la Porte-Neuve, but de sa quête, furent franchis en plus d'une heure ! Tous les habitants de Cormes qui ont vécu ces moments se souviendront longtemps de l'image de la jeune Jess sur son ânesse, traçant son chemin au milieu d'une multitude joyeuse lui faisant un tapis de fleurs de mimosas. Félicitations donc aux organisateurs de cette animation pour la bouffée d'air frais qu'elle fit passer sur notre carnaval, bouffée d'air frais qui n'était pas loin d'être un… vent de folie.

L'article n'avait pas menti. Vingt-cinq ans plus tard, mes oreilles résonnent encore des vivats de la foule. Mais comment une telle liesse fut-elle possible ? Le journaliste ne le dit pas.

Il faut d'abord savoir que si Jess inventa le thème du spectacle, elle fut aussi à l'origine de sa réalisation. Comment convainquit-elle les autres instituteurs de renoncer à leurs projets pour se rallier au sien ? Comment entraîna-t-elle dans son sillage tous les enfants de l'école ? Comment persuada-t-elle les parents de fabriquer les deux cents costumes ? Même aujourd'hui, je ne peux répondre à ces questions de manière logique. Je crois qu'elle leur parla, c'est tout.

Pendant les jours qui précédèrent le carnaval, la vie de l'école fut une ruche dont l'énergie s'était concentrée autour du spectacle. Toute la petite ville paraissait avoir établi ses campements dans la cour. Le bureau de la directrice avait été transformé en QG d'où partaient textes, directives de mise en scène et maquettes. Une ambiance fiévreuse régnait, mais on ne notait aucun excès de mauvaise humeur. Au contraire, je garde de ces journées le souvenir d'une joie collective, d'un partage dans le travail dont je m'étonne encore.

Si Jess n'était qu'un maillon parmi d'autres dans l'élaboration du spectacle, elle occupait cependant une place à part dans l'esprit des participants. On ne cessait de lui demander son avis sur tel projet de costumes ou tel essai de texte. Chaque choix délicat pour l'attribution d'un rôle était laissé à sa décision, les divergences sur le tracé de la déambulation se tranchaient à sa table. Jamais elle n'élevait la voix. Il suffisait que les personnes concernées se réunissent autour d'elle pour que les désaccords s'effacent. Devant le sourire de l'« Enfant qui recherchait l'Amour », les solutions naissaient d'elles-mêmes, et aucun adulte n'en avait l'air surpris. Jess n'avait que sept ans, et le monde de l'école tournait autour d'elle.

Pour les besoins de la pièce, elle choisit douze autres enfants qui, dans et hors spectacle, formèrent son escorte personnelle. Douze élèves de six à treize ans, dont le terrible Pierre curieusement devenu depuis l'épisode des toilettes son plus fidèle protecteur, et le petit Timothée qui ne la quittait plus dans l'attente d'une nouvelle apparition de jus d'orange. Détenteurs des rôles principaux, ils allaient et venaient d'un lieu de répétition à l'autre, sans cesse suivis par une bande d'admirateurs.

La première d'entre eux était Vanessa. Elle ne quittait pas les douze, toujours prête à rendre un service ou simplement pour s'asseoir à côté de la naine définitive.

Pierre voulait l'éloigner.

Jess l'en empêchait.

Pierre se calmait. Il aurait pu écraser Jess d'un coup de poing s'il l'avait voulu. Il ne le faisait pas. Il sentait sa force inutile face à la volonté de la petite. Il l'écoutait et lui obéissait. Je le surveillais cependant d'un œil : les retournements d'alliance sont l'habitude dans les cours de récréation. J'avais tort. Il ne trahit pas, ou si peu, comparé aux autres… Bien longtemps après le drame, je reçus des lettres de lui. Il écumait les mers. Un baroudeur qui a dû mourir cent fois depuis. Lui, au moins, n'avait pas oublié.

Marie ne vint pas à l'école cette semaine-là. Elle n'aimait pas ce projet. Elle ne le disait pas, mais je le comprenais à ses silences ; elle ne posait jamais de questions sur le spectacle. Jess n'en parlait pas non plus, le soir, autour de la table. Je respectais leur mutisme tout en les observant se mentir par le biais de leurs omissions.

Ce fut la veille du carnaval qu'elle se décida enfin. Serrés dans notre lit étroit, sa peau contre ma peau, nous écoutions nos corps humides. Nous avions fait l'amour avec cette égale ferveur qui nous étonnait chaque fois, et nos souffles s'emmêlaient encore. Puis elle se redressa, s'assit sur le lit, les bras entourant ses genoux. Je me souviens de son dos. Les plis du drap y avaient inscrit des cicatrices blanches.

— S'il continue de pleuvoir demain, votre spectacle est fichu.

Je regardai la fenêtre. Des gouttes de pluie frappaient les vitres à intervalles irréguliers.

— Tu le souhaites ?

— Je ne souhaite plus rien depuis longtemps.

Elle se tut. Je sentis que le moment était venu de poser enfin « la » question. Pourquoi ce soir-là ? Sans doute parce que je pressentais qu'après le carnaval rien ne serait plus comme avant. Non ! Je n'ai pas le droit de me mentir… Même des années de silence ne sont pas une excuse au mensonge. Je ne pouvais pressentir ce qui allait arriver, j'ai déjà avoué cent fois mon aveuglement d'alors. J'ai posé « la » question, c'est tout. Pourquoi faudrait-il toujours une raison ?

— Marie, qui est le père de Jess ?

Elle se raidit. Il y eut un long silence avant la réponse. Sa voix était blanche :

— Je ne le sais pas.

— Marie, fais-moi confiance...

Pauvre suffisance que la mienne ! Je croyais qu'elle craignait de me perdre en m'avouant la vérité, je n'étais même pas capable d'imaginer que c'était elle qui s'était perdue au contact de cette ignorance. Pardonne-moi, Marie... J'aurais dû me taire et te serrer dans mes bras. Mais je croyais nous aider en t'obligeant à parler.

— Comment... comment peux-tu ne pas savoir ? Jess m'a dit...

— Quoi ?

— Gabriel.

J'avais prononcé ce nom doucement. J'ignorais quel fantôme allait surgir de cette évocation. Je ne voyais toujours que son dos. Il s'arrondit sous le choc du nom, comme fouetté. Puis, doucement, lentement, elle parla :

— J'avais treize ans. Avec mes parents, nous habitions une maison au bord de l'océan. L'été, il faisait chaud. J'avais l'habitude de laisser ma fenêtre ouverte pour dormir. Une nuit, quelqu'un est entré dans ma chambre, par cette fenêtre. Il y avait un étage à escalader. Je n'ai vu que son ombre. Il… il a été très doux. Je n'ai pas eu mal. Je me suis même endormie, après… Quand je me suis réveillée, il était parti. Voilà.

J'étais abasourdi. Un viol…

— Tes parents n'ont rien entendu ? La lutte, les cris…

— Il n'y a pas eu de lutte. Il n'y a pas eu de cris.

— Pourquoi ?

— J'avais treize ans.

— Tu leur en as parlé, quand même ? Il y a eu une enquête ?

— Je n'ai rien dit. J'avais peur.

— Peur de quoi ?

— Qu'on tue mon bébé.

J'étais muet. Elle continua :

— Quand mes parents ont su que j'étais

enceinte, je n'ai rien pu leur expliquer. Maman m'a injuriée, papa m'a battue, et moi, je ne répondais pas. Et puis, lorsque le docteur leur a dit « la chose », ils sont devenus gentils. Ils ne m'ont plus frappée, ils se sont occupés de moi. Nous étions trois à ne plus savoir quoi dire.

— Quelle « chose » ?

— J'étais vierge. Enceinte et vierge.

Elle prononça ces derniers mots presque en riant. Comme si l'absurdité de cette idée ne méritait que la dérision. Je n'osais plus parler. Soit elle mentait et, dans ce cas, pourquoi parler à une folle ? Soit elle disait vrai et le silence paraissait alors la seule réponse intelligente.

— Eh bien, maintenant, nous sommes quatre à ne plus savoir quoi dire.

Et elle partit dans un fou rire nerveux qui me gagna peu à peu. Il nous fallait bien combattre l'irrationnel. Nous dûmes faire trop de bruit car Jess apparut dans l'entrebâillement de la porte.

— Pourquoi vous riez ?

— A cause de ton père ! répondit Marie, entre deux hoquets.

— Il ne faut pas se moquer de mon père.

Nos rires cessèrent.

— Pourquoi ? Tu ne le connais pas !

Marie avait crié. Je reconnus cette violence qui la prenait parfois et qui m'impressionnait tant.

— Va te recoucher !

Jess obéit et se retira dans sa chambre. Je fus surpris de cette soumission. Je devais comprendre plus tard qu'il s'agissait en fait d'un cessez-le-feu provisoire. Marie se rallongea sur le lit. Je m'approchai d'elle. Elle me repoussa. Une jalousie stupide me fit parler.

— Qui est Gabriel ?

Je crois qu'elle haussa les épaules. Avec le recul, je ne méritais pas mieux. Mais, sur le moment, je crus qu'elle me cachait quelque chose. J'insistai. J'étais amoureux, c'est ma seule excuse.

— Raconte-moi...

Elle soupira, comme si elle me reprochait de ne pas percevoir les mêmes évidences qu'elle. Des évidences qu'elle ne pouvait prononcer. Comment exprimer l'inimaginable ? Aujourd'hui, je comprends son silence. J'ai moi-même attendu si longtemps pour écrire ce qu'elle n'osait dire.

— Réponds, je t'en prie…

Elle lâcha prise.

— Après la visite chez le médecin, quand j'ai su que je pourrais garder l'enfant, un homme est venu me voir régulièrement.

— Celui de la première fois ?

— Peut-être. Il faisait si noir cette nuit-là. Il était gentil… Je ne sais pas comment il arrivait dans ma chambre… Soudain, je le voyais sur mon lit, il me souriait. Au début, j'étais terrorisée. Et puis, peu à peu, je l'ai attendu avec impatience.

— Tu n'as pas prévenu tes parents ?

— Non… Mes parents s'occupaient de moi, d'accord, mais ils me parlaient si peu. Je crois que je les effrayais. Il ne fallait pas que je quitte mon lit, avait dit le médecin. Alors, je n'avais que lui…

— Et il s'appelait Gabriel, n'est-ce pas ?

— Oui.

— Que te disait-il ?

— Rien d'important. Il me prenait dans ses bras, il me rassurait. Comme un grand frère. Je n'avais que treize ans…

Elle en parlait presque avec regret. Ses yeux

fixaient le bout du lit ; on aurait dit qu'elle le voyait encore.

— Il était beau, reprit-elle. J'aurais accepté que ce fût lui le père.

— Il ne t'a jamais dit qui c'était ?

— Je ne lui ai jamais demandé.

— Tu l'as revu ?

Marie hésita.

— Non… La dernière fois, c'était la nuit de Noël. Je sentais que j'allais accoucher. J'avais mal. J'avais peur. Il est arrivé sans que je l'entende, comme chaque fois. Il a embrassé mon front brûlant. Je me suis sentie mieux. Alors, dans le creux de mon oreille, il a chuchoté ses dernières paroles : « Marie, ne crains rien. L'enfant va naître, ce sera un garçon et tu l'appelleras Emmanuel. » Je n'ai rien répondu, j'ai juste promis ; tout était au-delà de ma compréhension. Il a déposé un baiser sur mon ventre et il a disparu. L'enfant est né quatre heures plus tard. Gabriel s'était trompé : c'était une fille. J'ai laissé ma mère choisir le prénom…

Elle se tut. Je regardai à mon tour le bout du lit. J'espérais y voir assis le beau visiteur. Je me disais que seule son apparition m'aurait permis de ne pas prendre Marie pour une folle. Je me souvins de l'avertissement de frère Jean-Bernard : « Marie n'est pas celle que vous croyez... Vous pleurerez. » Peut-être avait-il raison. Peut-être savait-il des choses que j'ignorais. Pour la première fois, je doutai. En fait, je ne savais rien de Marie. Rien que ses yeux, sa peau, ses lèvres. Cela me paraissait tout et, face à un tel récit, ce n'était plus que poussière. Elle devina mon trouble.

— Tu ne me crois pas, hein ? Tu me prends pour une dingue ?

— Non... Enfin, je ne sais pas. C'est tellement... curieux.

— Je peux partir, si tu veux.

— Non ! Reste ! Laisse-moi juste le temps... le temps de comprendre.

— Je t'attendrai, mais dépêche-toi. Le jour où tu comprendras, il sera peut-être trop tard.

Elle se serra contre moi et s'endormit. Sa main agrippait la mienne comme on tient une bouée.

Je ne réussis pas à trouver le sommeil. Le doute, l'horrible doute me fouillait le ventre. L'unique certitude qui me restait était sa main dans ma main.

Il me fallait une réponse.

La journée du lendemain allait m'apporter des indices capitaux.

J'ai déjà décrit l'hystérie collective qui entoura la représentation à travers les rues de Cormes, la foule joyeuse qui accompagna les enfants dans leur déambulation, avec la figure de proue de Jess juchée sur l'ânesse blanche. Le journaliste oublia pourtant de mentionner dans son article deux évènements qui dépassèrent le fait commun. Peut-être n'en eut-il pas connaissance, ou bien jugea-t-il qu'ils ne relevaient pas de son devoir d'information temporelle, mais de pouvoirs autrement supérieurs auxquels il ne souhaitait pas être mêlé.

L'un d'entre eux eut lieu à la fin du spectacle. Il bouleversa les quelques témoins attentifs perdus au milieu de la cohue.

Nommé par la directrice « Responsable des acteurs principaux », je n'avais pas quitté le groupe de l'Enfant et de ses douze compagnons, prêt à intervenir à la moindre défaillance d'un comédien. Le scénario de la pièce prévoyait une dernière halte sur la place Gambetta où l'Enfant devait affronter la Mort, symbolisée par un crâne en carton trônant sur un char. L'Enfant, à l'instant d'affronter cet ultime obstacle, devait dompter d'abord le chien gardien des Enfers.

Le rôle de Cerbère était tenu par Petit Paul, un pauvre gamin presque aveugle qui portait comme une bosse sa paire de lunettes aux verres épais. Nous lui avions confié ce rôle autant pour le mettre en valeur que parce qu'il ne nécessitait aucun déplacement, et que, cachées derrière son masque, ses lunettes lui étaient inutiles. Lorsque Jess s'approcha de l'enfant à tête de chien, le silence figea la place. L'animal poussa des grognements, tira sur sa chaîne, essaya de mordre la main qui se tendait vers lui. Mais, comme prévu, l'Enfant vainquit la Bête mythique après un bref combat et arracha le masque qui tenait Cerbère en esclavage. La foule exulta et suivit la montée de l'Enfant qui s'approchait maintenant du crâne pour triompher du Néant. Personne ne prêta plus attention à Petit Paul. Personne ne remarqua que les yeux apparus sous le masque découvraient pour la première fois avec une netteté parfaite le bleu du ciel, les murs ocre des maisons, les troncs granuleux des marronniers sans feuilles. Personne ne le vit se lever et s'engager dans la rue des Milles comme s'il découvrait le monde pour la première fois.

Personne, sauf la mère de Petit Paul et la directrice qui me dévisagea avec une interrogation muette. Je lui répondis d'un hochement de tête. Nous avions bien cru voir la même chose : Jess avait touché les yeux du gamin, et l'enfant avait été guéri.

L'autre évènement de cette journée fut, lui, attesté par plusieurs dizaines de témoins. Il était trois heures de l'après-midi, donc avant la guérison de Petit Paul. Le défilé des enfants avait emprunté les ruelles moyenâgeuses de la cité qui montaient jusqu'au parvis de la cathédrale. Sous l'impulsion du père Floris, celle-ci était devenue plus une étape touristique qu'un lieu de culte, et les visites guidées, les ventes de souvenirs ainsi que les concerts profanes rapportaient davantage au diocèse que la quête dominicale.

Quand Jess et sa troupe débouchèrent sur le parvis, le char symbolisant l'Hypocrisie les attendait. Des sujets dansaient autour de leur roi ventripotent qui distribuait caresses d'une main et gifles de l'autre. La foule des suiveurs attendait contre les barrières la chute du tyran et de ses courtisans. Mais l'Enfant, délaissant le souverain, lui tourna le dos et monta les marches de la cathédrale. Je me précipitai vers Jess.

— Tu te trompes ! lui soufflai-je discrètement. Le char est de l'autre côté...

— Je dois d'abord aller là, répondit-elle d'une voix assurée.

Elle entra dans la cathédrale. Acteurs et spectateurs eurent un moment de désarroi. Heureusement, Pierre prit les affaires en main et lança ses compagnons à l'assaut du char. La foule respira ; la directrice aussi, qui me fit signe de ramener immédiatement l'Enfant dans le droit chemin.

Je pénétrai à mon tour dans la cathédrale. Les bancs de la nef étaient presque vides. De rares paroissiens y priaient, le dos courbé, détachés des bruits du dehors. Un ouvrier suspendu à une nacelle restaurait un vitrail. Dans les allées transversales, des touristes suivaient les visites guidées, appareils photo en bandoulière, le chewing-gum à la bouche. Au pied de la chaire, un stand de vierges en plastique était assailli par des familles nombreuses. La cathédrale bourdonnait des bruits métalliques du commerce.

Puis je vis Jess. Elle attendait, immobile, en plein milieu de l'allée centrale. Je m'approchai. Son regard, au-delà des corps qui traversaient sans cesse son champ de vision, fixait l'immense croix en bois qui surplombait l'autel. Elle était la seule, dans cette église, à s'intéresser à la statue du Christ figé depuis des siècles dans la même attitude de douleur. L'œuvre d'art était en mauvais état. La peinture s'écaillait par pans entiers, le bras droit s'était détaché de l'épaule et pendait au bout du clou enfoncé dans la paume de la main.

Ce que Jess fit alors, je ne pourrai jamais l'oublier. D'un pas décidé, elle se dirigea droit vers le stand de souvenirs qu'elle renversa brutalement. Les vierges en plastique roulèrent à terre, la caisse-enregistreuse percuta le sol. Son tiroir s'ouvrit, libérant un flot de piécettes qui s'écoula, pareil aux entrailles pourries d'une bête éventrée. Ce fut aussitôt la mêlée. Les touristes se jetaient au sol afin de récupérer l'argent, les vendeurs se battaient entre eux pour reprendre leurs biens. Jess s'attaqua ensuite aux troncs accrochés aux piliers du fond. Elle fractura le premier sans peine et glissa l'argent dans ses poches. Sa figure était pâle, sous l'effet d'une colère implacable. Elle terminait de vider le second tronc quand le père Floris l'agrippa violemment.

— Sale petite voleuse !

Sa main s'abattit sur la joue de Jess. Elle se releva, la lèvre fendue. J'étais paralysé.

— Pourquoi vous réparez pas son bras ? Pourquoi vous réparez pas son bras ?

Elle criait, sa voix stridente vibrait dans la cathédrale. La main du prêtre s'abattit une seconde fois. Je m'interposai.

— Ça suffit !

Le père Floris s'aperçut de ma présence.

— Si vous éduquiez mieux votre gosse, cracha-t-il, je n'aurais pas à m'en occuper.

Et la troisième gifle claqua. Jess ne remuait plus, sonnée. Je voulus intervenir, mon corps ne m'obéissait pas. La violence du prêtre succédant à celle de Jess bloquait mes réactions. Jusqu'ici, ma masse physique m'avait paradoxalement tenu éloigné des combats. Il me suffisait d'apparaître pour régler les conflits : mon quintal n'avait jamais été autre chose qu'une arme de dissuasion.

Je regardais, impuissant, le prêtre remonter l'allée centrale en traînant Jess par le bras. C'est quand il la livra en pâture aux marchands que mon corps réagit enfin. En quelques coups, je parvins à la libérer. Je la jetai sur mes épaules et je gagnai les portes. J'allais sortir lorsque des mains tentèrent de me déséquilibrer. C'était le prêtre.

— Vous n'allez pas vous en tirer comme ça ! Il faut payer !

Je reposai Jess sur ses pieds. Fouillant ses poches, j'en tirai l'argent du tronc. Le père Floris blêmit.

— Rendez à Dieu ce qui est à Dieu ! ordonna-t-il.

Je jetai l'argent. Il se retint pour ne pas le ramasser tout de suite.

— Et moi, je rends à César ce qui est à César ! répondis-je en écho.

Mon poing s'écrasa sur le menton du prêtre qui s'écroula. La voie était libre. Nous sortîmes de la cathédrale.

Sur le parvis, le char de l'Hypocrisie avait

rendu les armes. Le roi ventripotent et ses courtisans gisaient aux pieds de Pierre et de ses compagnons. La foule vit Jess sur les marches : elle acclama l'Enfant qui remonta sur son ânesse, la lèvre sanglante, la tunique déchirée.

La directrice se fraya un chemin jusqu'à moi.

— Qu'est-ce que vous avez fichu pendant tout ce temps ? Un combat de catch ?

— Oh, non... Une simple discussion théologique.

Elle haussa les épaules et partit rejoindre le défilé qui s'enfonçait dans les rues de la vieille ville.

Le parvis se vida. Je restai seul, encore choqué par la violence de l'affrontement et incapable d'en saisir toutes les conséquences. La porte de la cathédrale grinça. Le père Floris apparut, titubant. Son regard haineux ne me quitterait plus jusqu'au dénouement.

Après le carnaval, une torpeur s'empara de la cité. Comme si ses habitants émergeaient d'une longue nuit d'ivresse. Oui, c'est cela : Cormes avait la gueule de bois.

Jess avait dormi vingt-quatre heures d'affilée. Marie avait soigné sa lèvre sans poser la moindre question. Je voulus lui raconter Cerbère et la cathédrale, elle me ferma la bouche d'un baiser. Je compris qu'elle savait déjà tout et qu'elle aurait préféré ne jamais rien savoir.

D'autres ne raisonnaient pas ainsi. Contrairement à ce que j'avais pu croire, la guérison de Petit Paul n'était pas passée inaperçue. Dès le surlendemain, plusieurs personnes commencèrent à tourner autour de l'école. Elles voulaient voir Jess. Il y avait des enfants, mais aussi des parents. Ceux-là furent les plus vindicatifs.

Quand je sortis vider les poubelles, ils étaient une quinzaine à attendre stupidement, le nez levé vers notre appartement. Ils me regardèrent à peine : c'était la petite qu'ils voulaient. Au début, je mis cette attente sur le compte du succès de notre spectacle ; Jess en avait été la vedette et il y a toujours des âmes faibles pour rechercher la présence de ceux qui brillent. Lorsqu'elle descendit jusqu'au portail pour la première fois, je l'accompagnai. Les admirateurs étaient maintenant une trentaine et je craignais une séance d'hystérie. Je me trompais. Quand ils la virent, le silence se fit. Un silence respectueux. Presque religieux. Nous traversâmes cette haie muette, nous devions faire quelques courses. Au passage de Jess, des mains se tendirent timidement, touchant ses vêtements, ses chaussures. Elle semblait ne s'apercevoir de rien. Elle avançait, menue, droite, sans expression. J'accélérai le pas, mal à l'aise. La haie muette nous suivit. J'empruntai la rue Droite, la boulangerie était à son extrémité. Le groupe des suiveurs grossit. Les promeneurs, les femmes aux fenêtres, les enfants jouant dans le caniveau, tous reconnaissaient Jess et cessaient leur activité pour se mêler au défilé improvisé. La boulangère refusa mon argent pour le pain, exigeant seulement que Jess embrassât son bébé qui pleurait dans l'arrière-boutique. Au-dehors, je pouvais voir les gens qui se pressaient contre la vitrine. Je décidai d'interrompre là nos courses. Le retour vers l'école fut difficile. Tous voulaient maintenant toucher Jess, lui parler. Une vieille dame qui avait pu la frôler se mit à hurler.

— Mon dos ! Je n'ai plus mal au dos ! Je suis guérie !

Elle dévala la rue, ameutant tout le quartier avec ses glapissements. La situation devenait ridicule. Si toutes les hypocondriaques de la ville commençaient à mélanger les pouvoirs légendaires de l'Enfant du Carnaval avec la réalité, Jess n'aurait plus jamais la paix. Je la pris sur mes épaules et je courus vers l'école. Des cris de déception fusèrent. Arrivé au portail, je grimpai sur un des piliers. Plus de soixante personnes nous entouraient.

— Je vous en prie, rentrez chez vous. Le carnaval est terminé...

— L'Enfant ! On veut voir l'Enfant ! clama une voix.

— Mais il n'y a plus d'Enfant ! Le spectacle est fini, Jess a rangé ses masques !

— Jess ! Elle s'appelle Jess ! hurla un monsieur rougeaud, en tendant les bras vers elle.

— Vive Jess ! Jess avec nous ! reprit la petite foule.

Ecœuré par tant de stupidité, je sautai du pilier et battit en retraite.

Jess paraissait effrayée. Je la rassurai.

— Ne crains rien, ils ne te feront pas de mal.

Je pensais qu'elle avait peur de ces gens. Encore une fois, je me trompais.

— Tu crois que c'est moi qui ai guéri Petit Paul et la vieille dame ?

Ce n'était pas de la foule dont elle avait peur, c'était d'elle-même.

Marie avait suivi la scène de la fenêtre. Elle se jeta contre moi quand j'entrai dans la chambre.

— Christophe, allons-nous-en d'ici ! Ils vont me la prendre, ils vont me la...

Elle ne put terminer sa phrase. Les sanglots lui montaient à la gorge. Je la berçai, j'embrassai ses cheveux. Je n'avais que mon amour à donner. Jamais il ne me parut aussi dérisoire.

Le lendemain, une centaine de personnes piétinaient devant le portail. Nous n'osions plus sortir. Ils partirent en fin de matinée, déçus. Ils revinrent le jour d'après. C'était un samedi. Marie avait fermé les rideaux. J'en comptai plus de cent cinquante. Cette fois-ci, ils ne partirent pas. Il faisait beau, le vent froid de la veille ne soufflait plus. Vers midi, ils entrèrent dans la cour, s'installèrent autour des arbres et déballèrent les pique-niques. L'ambiance était bon enfant. Nul n'essaya de forcer notre porte. Ils attendaient, c'est tout. Ils donnaient l'impression de pouvoir attendre pendant des siècles.

Marie ne parlait plus. Elle avait empilé à côté du lit une dizaine de livres piochés au hasard sur les rayons de MARIE I et elle tournait mécaniquement des pages qu'elle ne lisait même pas. Jess observait la foule en bas, à l'abri derrière les rideaux. Je ne savais plus quoi faire. D'autant que j'ignorais ce qu'ils voulaient vraiment. Tout cela était grotesque. A une heure, n'y tenant plus, je descendis dans la cour. Les familles terminaient leur repas, certains avaient commencé leur sieste. Personne ne s'intéressa à moi. Seul un garçonnet vint me parler. C'était Petit Paul.

Ses grands yeux noirs libérés des lunettes me regardaient sans ciller.

— Elle vient quand, Jess ?

Je m'agenouillai pour être à sa hauteur. Il paraît que la vérité sort de la bouche des enfants.

— Qu'est-ce que tu lui veux, à Jess ? Pourquoi tu l'attends des heures, au lieu de t'amuser chez toi ?

— Il faut que je lui dise merci de m'avoir guéri.

Je me relevai, furieux. Mais comment lui en vouloir ? Moi aussi, devant le char de la Mort, j'avais vu ses yeux s'ouvrir et je n'avais pas douté, contre toute évidence rationnelle, que Jess en fût la cause. Pourquoi cette certitude ? Je me pose toujours la question. Petit Paul, lui, ne se la posait pas. Il ne savait qu'une chose. Avant, il ne voyait pas, ou si peu. Maintenant, il voyait. Lui, au moins, avait de bonnes raisons d'attendre sous la fenêtre. Mais les autres ?

Je passai dans les groupes, je questionnai les chefs de famille. Je compris vite : la cour pullulait d'asthmatiques, de cancéreux, de bègues, de boiteux, de poitrinaires. Tous n'étaient donc venus que pour être guéris. Mais où se croyaient-ils ?! A Lourdes ? A Fatima ? Ma rage monta d'un coup.

— Sortez d'ici ! Bande de loups ! Crédules hypocrites !

Les paniers les plus proches volèrent.

— Jess ne peut rien pour vous ! C'est une gamine, vous entendez ? Une gamine !

En quelques ruades, je fis le vide dans la cour.

— Christophe, calme-toi.

Je me retournai. C'était Jess. Elle portait la tunique de l'Enfant. Je me rappelle avoir remarqué le sang qui coulait de sa lèvre rouverte.

— Laisse-les tranquilles. Ils ne font pas de mal.

Elle me sembla immense. Je me calmai. Me voyant maté, la foule osa pénétrer à nouveau dans la cour. Jess les y accueillait, embrassant les uns, rassurant les autres. Comment oublier cette image ? Elle n'avait que sept ans et les gens autour d'elle semblaient être ses petits.

Peu à peu, sans brusquerie, sans drame, les familles quittèrent l'école. Elles avaient rencontré l'Enfant, lui avaient parlé, avaient touché son crâne, ses mains, ses lèvres. Elles repartaient comblées, réconfortées. Je n'osais regarder les boiteux, de peur de les voir gambader... Puis, il ne resta plus que Jess au milieu de la cour. Autant elle m'avait paru immense au centre de la foule, autant elle semblait minuscule dans sa solitude. Une enfant abandonnée à qui l'on avait volé ses jours. Elle se laissa tomber dans mes bras.

Des cernes creusaient ses yeux, une écume blanchissait sa bouche. Elle pesait ce que pèsent les corps morts : le poids du vide. La foule l'avait pillée.

Je la remontai dans l'appartement. Marie m'attendait. Elle la déshabilla, la fit boire et la plongea dans un bain chaud. Jess reprit des couleurs. A peine couchée, elle s'endormit. Il était trois heures de l'après-midi.

Marie ferma la porte de la chambre. Je reconnus son regard. C'était celui de l'exorcisme des sens. Nous fîmes l'amour, gravement. Marie s'appliquait dans chaque geste, dans chacun de ses plaisirs. Elle se raccrochait aux ancres du quotidien qu'étaient nos corps. Sa jouissance fut aussi intense que sa détresse.

— Tu comprends qu'il faut partir, maintenant ? me dit-elle après, tandis que la nuit tombait.

— Oui.

Je comprenais surtout que les roulottes, les voitures ou les fusées ne nous éloigneraient jamais de la vérité. Jess la portait en elle.

— Nous irons dans les montagnes. Demain matin.

Marie ne me demanda pas où. Pour elle, l'important était de fuir. Elle prépara des bagages sommaires. Elle ne s'embarrassa d'aucun objet inutile : Marie ne s'attachait à rien d'autre qu'à la vie de Jess.

Nous avions prévu de partir à l'aube. Les pèlerins furent plus prompts. Dès cinq heures du matin, ils arrivèrent devant le portail... Quand le soleil se leva sur une journée grise et venteuse, ils étaient plus de cinq cents à envahir l'école. A neuf heures, la foule débordait sur le boulevard. Nous étions bloqués. Jess dormait toujours. Marie l'avait couchée dans notre lit.

Par les interstices des rideaux, j'observais le déferlement. Aux premiers rangs, je reconnus les malades de la veille. Tous arboraient une mine superbe. Le bonheur se lisait sur leurs visages ; ils fixaient avec adoration la fenêtre de Jess. Certains brandissaient radiographies, cannes, corsets, comme des trophées arrachés à la maladie. Derrière eux, des files impressionnantes de chaises roulantes espéraient à leur tour la guérison. Des jeunes chantaient des hymnes religieux. Une équipe de télévision installait ses caméras et ses projecteurs.

Le monde était devenu fou.

Que fallait-il faire ? Que fallait-il croire ? Marie s'était réfugiée dans le sommeil. Elle dormait contre Jess. Mais, à regarder les battements affolés de sa poitrine, je savais qu'elle simulait. Elle préférait fermer les yeux comme une enfant qui ne veut pas voir la nuit. J'étais seul face à la masse des déments. J'eus un réflexe stupide : j'appelai la police. Personne ne répondit. Et pour cause, toute la garnison chantait des cantiques dans la cour, le képi sur le cœur. J'essayai les pompiers. J'eus en ligne le capitaine, celui qui m'avait tiré de mon cyprès la nuit de Noël. Il pleura en reconnaissant ma voix :

— Vous avez de la chance, monsieur l'instituteur, vous avez de la chance..., bégayait-il, lui aussi touché par la folie collective.

Je raccrochai, découragé. Quelques minutes plus tard, je le vis prier à genoux au pied du poteau de basket.

A dix heures, une houle agita la cour. C'était le père Floris qui, alarmé par le vide de sa cathédrale à l'office dominical, avait appris par son sacristain la destination de ses paroissiens. Furieux, il s'était aussitôt dirigé vers le lieu du culte sauvage. Il monta sur un banc et sa voix puissante fit cesser les chants :

— Mes frères, mes sœurs, ne succombez pas aux tentations du Malin. Car le diable aussi peut faire des miracles pour vous détourner de Notre Sainte Eglise. Cette fillette est possédée par l'Esprit Mauvais, je l'ai vue à l'œuvre !

Des sifflets s'élevèrent. Des voix voulurent faire taire le prêtre, d'autres demandèrent qu'on le laissât s'exprimer.

— Ecoutez-moi ! Cette enfant est sacrilège : elle a pillé les troncs de la cathédrale, elle a insulté l'image de Notre Seigneur, elle a...

Le reste se perdit dans le tumulte. Ces révélations jetaient le trouble dans l'esprit des fidèles de Jess. Des discussions vives éclatèrent entre partisans du prêtre et adeptes de l'Enfant, des débuts de bagarre opposèrent les plus virulents. Même le père Floris dut jouer des poings pour se dégager de quelques matrones. Oui, le monde était fou et je craignais surtout que cette folie ne réveille Jess.

C'est alors que le souffle d'une trompette retentit, stoppant le vacarme. Tous se tournèrent vers le sommet du cyprès d'où provenait le son et virent Petit Paul accroché aux branches, sa trompe en bandoulière. Le gamin parla d'une voix cristalline qui sonna aux oreilles de beaucoup comme le langage du bon sens.

— Dieu ou diable, qu'est-ce que ça peut faire ? L'important, c'est que maintenant, j'y vois !

Des cris d'allégresse répondirent à cette intervention. Pour ces gens, le gamin avait raison : l'important était la guérison. Avec la santé, tout redevenait possible : la réussite, la richesse, le plaisir. Qu'importe qu'il faille le devoir au Ciel ou aux Enfers. Savait-on d'ailleurs qui se cachait vraiment derrière ces abstractions ? Il serait toujours temps, le dernier moment venu, de rendre les mérites du miracle à qui de droit.

Vaincu, le père Floris refluait vers le portail. La haine que j'avais lue dans ses yeux sur le parvis de la cathédrale se trouvait renforcée par ce nouvel affront. Pire, c'était maintenant la structure de l'Eglise que Jess attaquait. Sa hiérarchie ; son pouvoir. Il ne l'oublierait pas.

Le prêtre parti, la tension ne baissa pas. Les malades s'impatientèrent ; ils craignaient que l'anathème de l'ecclésiastique ne provoque chez l'Enfant un rejet des pèlerins. Une rumeur gagna rapidement la cour : la multitude voulait voir Jess. Ils envoyèrent des émissaires frapper à notre porte. Je sortis les rencontrer sur le palier. Je reconnus la boulangère et un parent d'élève.

— Monsieur Radaux, quand est-ce que la petite descendra ? On attend depuis des heures…

J'essayai de gagner du temps.

— Elle ne descendra pas aujourd'hui. Elle est très fatiguée. Il faut qu'elle se repose.

L'inquiétude fit grimacer les émissaires.

— Ne vaudrait-il pas mieux la confier à l'hôpital ? reprit la boulangère. Elle aurait une chambre tranquille, les soins nécessaires pour se remettre.

— On ne voudrait pas que vous le preniez mal, continua le parent d'élève. Mais vous êtes instituteur, pas médecin… Et s'il lui arrivait quelque chose…

— La ville a besoin d'elle, insista la boulangère. Que dis-je, « la ville » ! La planète, oui !

Bientôt, Jess sera célèbre dans le monde entier. Regardez, on commence à en parler dans le journal !

Elle déplia un exemplaire du quotidien paru le matin. Un gros titre barrait la première page :

« CURIEUSES GUÉRISONS À CORMES :
MIRACLES OU SUPERCHERIES ? »

Une photo de Petit Paul exhibant fièrement ses lunettes devenues inutiles était entourée d'un article médiocre. Le journaliste s'était contenté de récolter les ragots, sans mener d'enquête sérieuse. Un chiffre me fit pourtant sursauter : on parlait de sept guérisons inexpliquées dans la seule journée du carnaval et de vingt-trois pour la matinée de samedi. Il était évident qu'en imprimant des informations aussi fantaisistes, sans le contrôle de la moindre expertise médicale, la folie allait gagner le pays. Par chance, le nom de Jess n'était pas cité ; on ne parlait que de « l'Enfant ». Mais à voir les équipes de journalistes qui avaient investi l'école, le secret serait levé dès les prochaines éditions.

Il nous fallait fuir, disparaître, mettre un abîme entre Jess et cette hystérie.

Je me souvins avec amertume du premier avertissement de Marie, après l'épisode du carnet de notes à Noël : « Ne la mettez pas en valeur..., je vous en prie. » Que ne l'ai-je écoutée alors... Je croyais l'aimer et je ne lui avais pas obéi. Je n'avais cessé de pousser Jess en avant, jusqu'à la faire défiler en héroïne dans toute la ville. Pour son bien, pensais-je. Je discernais maintenant qu'il s'agissait surtout de vanité personnelle. Inconscient que je fus ! Pardonne-moi, Marie...

— Monsieur Radaux ? Vous vous sentez bien ?

Je ne répondis pas, j'avais l'impression de tomber dans un gouffre. Je m'appuyai à la porte.

— Vous voyez bien, monsieur Radaux, il faut nous laisser la petite. Vous n'êtes pas en état de...

— Foutez-moi le camp ! Si je suis malade, Jess me guérira puisqu'elle guérit tout le monde ! Elle fera bien ça pour moi ! En attendant, elle dort. Allez rejoindre vos estropiés psychosomatiques avant que je vous casse en deux !

Ma tête tournait, je voyais les murs se gondoler comme des miroirs de foire. Je devais avoir une expression effrayante car ils reculèrent.

— Vous avez tort, monsieur Radaux. L'Enfant ne vous appartient pas ! L'Enfant appartient à ceux qui souffrent ! L'Enfant appartient à l'humanité !

La boulangère s'enflammait, lyrique. Sa poitrine devenait encore plus volumineuse sous l'effet de ses envolées, enfonçant à pleine gorge les portes ouvertes de la Bêtise. A la voir se démener ainsi, ridicule et emphatique, je partis d'un fou rire qui les foudroya : j'osais me moquer de la souffrance humaine ! Ils dévalèrent les escaliers comme s'ils avaient vu un démon.

Je rentrai dans l'appartement, m'accrochant aux meubles pour ne pas trébucher. Je m'aspergeai la figure un long moment, assis sur le tabouret de la salle de bains. Le vertige passa. J'allai dans la chambre. Jess dormait toujours ; Marie s'était assoupie. Sa respiration était redevenue calme. Je l'embrassai doucement, en remontant la couverture. Qu'elles dorment, toutes les deux. C'était toujours ça de pris sur la Réalité...

Je rejoignis mon poste d'observation, derrière les rideaux. Le retour piteux des émissaires avait provoqué un flottement chez les pèlerins. Quelques groupes commençaient à plier bagage, d'autres espéraient encore en une apparition de Jess. Les journalistes, en manque de matière, interrogeaient des quidams tout heureux d'inventer une vérité.

Je regardai le ciel. De gros nuages sombres arrivaient par l'ouest. Avec un peu de chance, la pluie tomberait dans une heure. Il fallait tenir jusque-là. Eloigner la meute de Jess en attendant l'orage qui nettoierait la cour. Après, fuir serait un jeu d'enfant. La voiture était garée le long du boulevard, nous n'aurions que cent mètres à franchir pour la rejoindre. La nuit nous couvrirait. Je me détendis enfin. Le cauchemar était presque terminé.

J'ai le souvenir à ce moment précis d'un bonheur intense. Cela peut sembler contradictoire au vu de ce que nous venions de vivre, mais la perspective du départ me grisait. En désertant Cormes, nous ne nous sauvions pas seulement de la foule ; nous abandonnions aussi les règles du jeu social. La liberté deviendrait notre seule obligation ; il nous suffirait d'être ensemble. J'abandonnais ma vie sans regret. Maison, livres, objets, photos, carrière, famille : tout ce qui nous alourdit au nom du respect du passé et de la crainte de l'avenir. Pour être digne de Marie et Jess, j'acceptais de devenir un homme neuf, de ne pas regarder derrière moi à l'instant de fermer la porte. Je crois même que j'esquissai quelques pas de danse sur le carrelage de la cuisine... Curieusement, je ne me préoccupais pas de l'aspect financier de notre fuite. J'avais des économies pour tenir jusqu'à la fin du printemps et cela me semblait presque trop.

Une agitation suspecte venant de la cour me ramena aux rideaux. Un homme attendait au portail, en discussion avec les deux émissaires. Les gens qui se pressaient autour du trio m'empêchèrent de reconnaître tout de suite le nouvel arrivant. Après de longs palabres, ils durent se mettre d'accord car l'homme fendit la foule et se dirigea vers l'escalier. Je le reconnus alors : c'était le frère Jean-Bernard, le supérieur de l'abbaye. L'épreuve s'annonçait rude. Je me précipitai sur le palier, bouclant ma porte à double tour.

Le moine était trop dangereux pour l'introduire chez nous. Il monta seul. La boulangère avait peur du diable.

— Monsieur Radaux, je vous avais dit que nous nous retrouverions.

Il avait parlé d'une voix calme. Son regard perçant me dévisageait sans agressivité. Il vit la porte close dans mon dos.

— Nous n'entrons pas ?

Il semblait plus surpris qu'ironique.

— Pourquoi ? Vous avez un mandat de perquisition ?

Il eut l'air peiné de ma réaction. J'avais répondu d'instinct ; frère Jean-Bernard était le seul qui m'inquiétait : il connaissait des secrets que j'ignorais. Face aux autres, le mépris suffisait. Contre lui, il me manquait des armes.

— Vous avez tort de réagir de la sorte. Je suis venu vous aider, vous mettre en garde.

— Contre quoi ? Protéger une enfant des imbéciles n'est pas contraire à la loi, que je sache.

— Qui vous parle de loi ? Vous savez aussi bien que moi que le code pénal n'a rien à faire dans cette histoire. Allons, rendons à César ce qui est à César, et à Dieu ce qui est à Dieu. C'est une formule que vous connaissez, je crois...

Un sourire complice plissa sa figure. Il savait donc cela aussi.

— Rassurez-vous, continua-t-il, je partage les mêmes opinions que vous sur le père Floris. Je n'avais simplement jamais osé employer des arguments aussi... convaincants que les vôtres.

Le tour pris par la conversation me déplut, je ne voulais rien avoir de commun avec cet homme.

— Je ne pense pas que vous soyez venu jusqu'ici pour que je vous donne des leçons de boxe. Que voulez-vous ? Si c'est Jess, inutile d'insister. Vous guérirez vos faux malades autrement.

Je mis la clef dans la serrure. Il me rattrapa, me fit asseoir à côté de lui sur les marches. Ses gestes étaient doux. Je me laissai faire.

— Ecoutez-moi dix minutes. Après, vous déciderez vous-même.

Sa voix avait changé, il ne jouait plus. Je sentis que le moment était grave. Je devins attentif.

— Vous avez lu les Evangiles ?

— Non. Dans ma famille, on essayait de vivre. On n'avait pas le temps de croire.

— Vous devriez les lire, vous seriez surpris...

Il se racla la gorge.

— Vous connaissez Jess depuis six mois, n'est-ce pas ? Moi, depuis sept ans.

— Je ne comprends pas.

— Lisez ceci.

Il sortit d'une pochette une liasse d'articles de journaux qu'il me tendit. Ils étaient rangés par ordre chronologique. Le plus ancien était vieux de sept ans. Il datait du 26 décembre 1963 et relatait les évènements mystérieux qui avaient accompagné la naissance de l'enfant Jess Weies dans une maternité de Metz. Je feuilletai la liasse. Chaque fois, les mêmes titres équivoques apostrophaient le lecteur : « Récoltes inexplicables », « Pêche miraculeuse », « Eclipse inattendue »... La vie de Jess paraissait rythmée par ces manifestations surnaturelles. La coupure la plus récente était celle du matin, avec la photo de Petit Paul. Frère Jean-Bernard ne perdait pas de temps dans son travail d'archiviste. Je lui rendis les articles. J'avais la nausée.

— Vous remarquerez les déplacements géographiques de vos protégées. *L'Est Républicain, Le Dauphiné libéré, Ouest-France, Nice-Matin*, et j'en oublie... Voilà un vrai tour de France de la presse régionale. J'ai reconstitué leur parcours depuis la naissance de Jess jusqu'à l'arrivée à Cormes. Treize étapes, à chaque fois dans des bourgades n'excédant pas dix mille habitants. Durée moyenne de sédentarisation : six mois et sept jours. Elles sont arrivées ici le 1er septembre. Nous sommes le 27 février. J'ai comme le pressentiment qu'elles partiront dès que ces pauvres gens auront libéré la cour. A quelques jours près, elles auront respecté la moyenne.

Il replia lentement la liasse avant de la ranger dans sa sacoche. Je crois surtout qu'il prenait son temps afin de me permettre de digérer ces informations. J'en avais besoin, en effet. Une douleur dans le ventre m'empêchait de respirer normalement. Aiguë. Acérée. Le stylet de la trahison. Marie ne m'avait rien dit. Marie ne m'aimait pas. Marie m'utilisait.

La révélation des prodiges passés de Jess n'avait que peu d'importance comparée à cette vérité-là. Frère Jean-Bernard avait dû suivre le cheminement de ma pensée car il compléta son compte rendu.

— Durant ces sept années, Marie a vécu avec treize hommes différents. Un par étape. Vous êtes le treizième. Aucun des douze autres n'a survécu plus de deux mois à son départ. Accidents de voiture, arrêts cardiaques, overdoses, les causes de ces décès furent multiples et, je tiens à le préciser, toutes parfaitement « naturelles ». Je veux dire que la police n'a jamais engagé de poursuites pour homicide.

Je devais être blême ; il me mit la main sur l'épaule.

— Rassurez-vous. Vous avez un avantage sur les douze précédents : vous êtes le premier à savoir « avant ». Nous pourrons prendre des précautions.

Le moine n'avait rien compris. Que m'importait la mort ! Au contraire, elle était préférable à toutes ces révélations. Ce n'était pas la peur de la mort qui me faisait blêmir, c'était le découragement de devoir vivre encore. J'aurais pardonné à Marie mille amants, mille crimes, si elle me les avait murmurés, un par un, dans le repos de nos étreintes. J'aurais compris, j'aurais peut-être ri aux évocations de ces hommes prétextes, disparus dans le sillage de Marie s'éloignant à l'horizon. J'aurais même appris leurs noms par cœur, si elle me l'avait demandé, comme les douze épreuves nécessaires à la réussite de notre amour. Je n'aurais pas été blessé par son passé ; mais j'étais tué par son silence.

— Je tenais à vous préciser ces points importants, continua le frère, sûr de son avantage. Ils devraient vous permettre de juger la situation sous un angle nouveau.

— Qu'est-ce que vous attendez de moi ?

J'étais au bord de la tombe. Il sentit qu'il pouvait porter l'estocade.

— Donnez-moi vos clefs. Allez vous promener jusqu'à ce soir. Quand vous reviendrez, nous aurons fait le nécessaire.

— C'est-à-dire ?

— Faites-moi confiance. Il ne leur arrivera rien de mal, vous avez ma parole. Cette enfant ne vous appartient pas, monsieur Radaux. J'ajouterai qu'elle ne m'appartient pas non plus. Vous êtes un homme intelligent. Vous avez compris que Jess n'est pas une gamine comme les autres. Que votre attachement à sa mère ait un peu altéré votre jugement à son sujet, je l'admets. J'ose espérer que ce que je vous ai appris va vous permettre de porter un œil différent sur la situation. L'intérêt de Jess est de lui donner la possibilité de vivre et de grandir avec des gens qui prendront en compte sa spécificité.

— Quelle spécificité ?

Le moine sourit devant ma question. L'agonisant avait des sursauts de lucidité.

— Allons, ne nous amusons pas à ce petit jeu-là, vous et moi. En six mois, vous avez pu constater un grand nombre de faits troublants. Je ne vous ferai pas l'injure de les récapituler ; d'autant qu'ils vous donneraient le sentiment toujours désagréable que je sais beaucoup trop de choses...

— Nous avons été surveillés ? Dès le début ?

— Je suis chargé de cette affaire depuis sept ans. Nos méthodes sont au point.

— Vous mentez.

Il sourit à nouveau et sortit de sa sacoche un autre dossier, volumineux. Il l'ouvrit à une page au hasard et me montra quelques lignes avec son doigt.

— L'histoire du matou à réaction, le chat-péteur, vous vous souvenez ? La voici retranscrite à la date du 7 décembre. Jess l'a achevée à 16 heures 13 minutes... D'autres preuves ?

J'étais effondré.

— Marie et moi, aussi, vous... ; enfin, je veux dire, quand Jess n'était pas avec nous, vous nous... vous regardiez ?

— Rassurez-vous. C'est Jess qui nous intéresse. Nous savons tout sur Marie, depuis longtemps. Il n'y avait d'ailleurs pas grand-chose à connaître. Une pauvre fille qui s'invente des histoires de paternité surnaturelle et d'ange Gabriel... Au fait, si cela vous intéresse, j'ai aussi le témoignage de son médecin-accoucheur. Aucune virginité à signaler... Vous devriez vraiment lire les Evangiles : les inventions de cette malheureuse pour expliquer les comportements de sa fille sont à la limite du plagiat... Cela porte un nom : la mythomanie. Il ne suffit pas de s'appeler Marie pour devenir la mère du Messie.

Frère Jean-Bernard s'échauffait. Ce fut à mon tour de sourire : elle avait dû le semer plus d'une fois dans ses fuites successives ; il ne lui pardonnait pas.

— Pourquoi avoir attendu aujourd'hui pour

prendre Jess ? Si vous la suivez à la trace depuis si longtemps, il y a sûrement eu des moments plus propices que maintenant.

Le moine soupira. Son visage se détendit.

— C'est la première fois que l'enfant est mêlée à des guérisons. Jusqu'ici, elle n'agissait que sur les éléments. Il fallait la laisser mûrir... Vous avez lu les titres des journaux. Depuis Petit Paul, son « pouvoir », à défaut de l'appeler autrement pour l'instant, s'applique aussi aux humains. Cela devient trop dangereux pour elle : vous avez vu comme moi le fanatisme des gens dans la cour... Si nous laissons faire, dans une semaine, il faudra l'armée pour boucler Cormes devant l'afflux des curieux. Nous avons donc décidé de soustraire Jess à cette menace. Avec elle, nous allons tenter d'élucider le mystère de ses actes. Je vous l'ai déjà dit : soyez rassuré. Les meilleurs scientifiques seront à son écoute, son cas peut faire avancer la connaissance à pas de géant.

Jess traitée en animal de laboratoire ! J'étais révolté.

— Qui sont vos supérieurs ? Pour qui travaillez-vous ?

— Vous êtes un peu trop curieux. Je vous ai déjà beaucoup parlé, plus que ne me l'autorisait mon mandat. J'aurais très bien pu faire enlever Jess et sa mère sans prendre la peine de venir vous voir. Sachez que les personnes qui m'emploient n'ont pas besoin de permission pour agir... Ne m'en demandez pas plus.

— Pourquoi alors avoir pris cette peine de venir ?

Frère Jean-Bernard hésita. Il me regarda comme on jauge quelqu'un avant de prononcer les mots qui pourront le faire devenir ami ou ennemi. Je devais sans doute présenter l'apparence d'un homme affaibli car, finalement, il se décida.

— Nous pouvons avoir besoin de vous... Je vous ai dit tout à l'heure de nous laisser vos clefs et de partir un moment. En fait, nous préférerions que vous collaboriez avec notre équipe. Nos pédiatres pensent que votre présence serait profitable à l'équilibre de Jess. Donc à la réussite des expériences.

— Pourquoi moi ?

Je ne lâchais pas. Il soupira encore, mais il ne pouvait plus reculer.

— Vous êtes le premier des hommes de Marie que Jess appelle papa. Vous êtes aussi son instituteur. Vous pourriez continuer cette double tâche. De plus, Jess vous dit des choses dont elle ne parle pas avec sa mère. Nous avons beaucoup appris de vos conversations…

L'idée que nos instants précieux aient pu être volés par ce moine-espion m'insupportait.

— Et puis, continua-t-il sans s'apercevoir de ma crispation, il y a une autre raison. Moins officielle. Plus personnelle. Juste un symbole qui m'amuse. Et dans des affaires comme celle-ci, les symboles font souvent avancer plus vite que la logique. Connaissez-vous la signification de votre prénom ?

— Non. C'était celui de mon grand-père ; cela m'a toujours suffi comme explication.

— Christophe, en grec, signifie « le porteur du Christ ». Il ne m'est pas indifférent que, pour une fois, les délires de Marie apportent un peu de poésie à nos recherches scientifiques.

Il se tut. Je l'imitai. Qu'aurions-nous pu dire de plus ? La situation était nette. L'heure n'était plus à la parole, mais à la décision. En quelques phrases, ma vie s'était écroulée. De l'autre côté de la porte dormaient mes deux femmes. L'une m'avait trahi ; l'autre était condamnée à devenir un cobaye. On m'offrait de partager leur prison ou d'oublier. Quoi que je décide, je les avais perdues.

Frère Jean-Bernard se leva, rajusta sa bure. Il me fit penser à une vieille femme maniaque. On entendait en bas de l'escalier le clapotis des pèlerins contre la porte vitrée.

— Je crois que vous n'avez plus le choix, monsieur Radaux. Vous vous doutez bien que si vous refusez notre offre, nous ne pourrons prendre le risque de vous laisser votre liberté. Suis-je clair ?

— Très clair. J'accepte.

Le moine hocha la tête, soulagé d'éviter l'épreuve de force. Il s'approcha de moi et me parla à voix basse. D'adversaires, nous étions devenus complices.

— Bon. Ecoutez-moi bien. Dans une heure, les gendarmes de Marson feront évacuer la cour. Mais nous ne pourrons pas empêcher les irréductibles de rôder aux environs. Il existe une sortie derrière l'école, réservée aux pompiers. Je vous y attendrai avec trois hommes, pour prévenir une éventuelle rébellion de Marie. Attendez-nous dans l'appartement. N'ouvrez à personne. Compris ?

— Compris.

Il descendit les escaliers. Je mettais la clef dans la serrure quand je l'entendis revenir sur ses pas.

— Surtout, ne dites rien à Marie. Rien. Il y va de la vie de Jess. Rappelez-vous ses menaces à l'abbaye.

Je fis « oui » de la tête. Il disparut. Ses chaussures à lanières claquaient sur les marches. Elles sonnaient l'hallali.

Ensuite, mes gestes devinrent machinaux. Je rentrai dans l'appartement. Je fermai de l'intérieur le verrou. Je m'assis sur le lit de Jess. Une heure... J'avais gagné une heure. La dernière. Lorsque frère Jean-Bernard reviendrait, il trouverait trois cadavres. Dès l'annonce de la trahison de Marie, j'avais pris ma décision. L'avenir promis à Jess l'avait confortée. Qu'importe les pas de géant de la connaissance : le saut de la mort nous mènerait plus loin encore. Quand je repense à mon état d'esprit d'alors, je suis surpris par le calme qui m'habitait. Peut-être était-ce celui que donne la certitude de l'acte juste.

Face au déchaînement d'un monde qui m'était d'un coup devenu étranger, exister ressemblait à une condamnation. La mort devenait un espoir.

Je m'allongeai.

Quand les cloches de l'abbaye sonnèrent les coups de quatre heures, je passai dans la chambre. Elles ne sentiraient rien. Elles ne verraient pas le canon du fusil contre leur tempe. Jess n'aurait pas le temps de regretter de n'avoir jamais huit ans. Marie n'aurait pas le temps de se souvenir du visage de ses douze amants.

Je sortis l'arme de mon père du placard.

Je préparai les cartouches.

Je priai un dieu inconnu d'avoir le courage de mourir le dernier.

Je visai Jess d'abord. Pour ne pas reculer après. On a le devoir de ne pas survivre à la mort d'un enfant.

Alors… alors Marie ouvrit les yeux. Elle vit le fusil pointé contre la tempe de sa fille. Elle ne cria pas. Doucement, elle leva sa main, la posa sur le canon et fit pivoter l'arme jusqu'à l'amener contre son front. Elle me regardait. Jamais je n'oublierai la détresse de ce regard. Il demandait la fin des souffrances, il implorait en silence le droit au Grand Repos.

Je ne pus tirer. Je t'aimais, Marie. Je t'aimais trop égoïstement pour te tuer. Tu m'avais trahi, mais la seule condamnation que j'avais le courage de t'infliger était ma propre mort. Pour la troisième fois, le fusil changea de victime. J'enfonçai le canon dans ma bouche. Ce fut le hurlement de Marie qui arrêta mon doigt sur la gâchette.

Le hurlement que j'espérais depuis le premier jour.

— Non !

Elle se jeta sur moi et m'arracha l'arme.

— Christophe ! Je t'aime... Je t'aime...

Je sanglotais. Pourquoi tout cela venait-il trop tard ? Marie me prit la tête, me forçant à la regarder droit dans les yeux.

— Qui t'a fait du mal ? Qui t'a détruit pour que tu choisisses la mort ? Qui ?

Les mots sifflaient entre ses dents. J'essayais de l'imaginer dans les bras des autres. L'image ne collait pas. Je m'effondrai à ses genoux.

— Qui ? répéta-t-elle avec une telle force que ses ongles s'enfonçaient dans mes joues.

Je ne pus retenir le flot plus longtemps. Je vomis les dénonciations de frère Jean-Bernard. Les treize villes, les douze hommes, les articles, le certificat médical. Je lançai à Marie tous ses silences, tous ses mensonges, comme des boules de feu qui me brûlaient la gueule. Elle m'écouta jusqu'au bout, sans m'interrompre.

— Mon pauvre amour, chuchota-t-elle quand j'eus terminé, tout cela est faux. Ces hommes ont été mes amis, ils ont été les frères que je n'ai jamais eus. Ils nous ont réchauffées, ils nous ont nourries, ils nous ont accueillies. Chaque fois que ce moine bâtard nous a retrouvées, ils nous ont protégées de ses attaques. Ils sont tous morts à cause de lui. Il te tuera aussi, car c'est Jess qu'ils veulent. Maintenant qu'elle est arrivée à maturité, ils n'ont plus besoin ni de moi ni de toi. Elle ignorait qu'en guérissant Petit Paul, elle signait notre exécution. Un jour, je te raconterai ce que je sais et ce qu'ils refusent de savoir, eux. Je te raconterai que le Bien et le Mal existent, que leur combat n'est jamais fini, que le pouvoir du Ciel n'a pas de limites. Crois-moi, Christophe ; ils t'ont menti pour que tu livres Jess, la Fille de l'Homme. Ils t'ont menti pour que tu deviennes Judas. Crois-moi, je t'en supplie...

— Et l'enfant avorté ? Il est de qui ? Hein ?! Il est de qui ?

Je gémissais.

Son visage prit la couleur du néant. Une transparence sans limites.

— Gabriel est revenu. C'est un garçon qu'« ils » veulent.

Elle était folle ! Complètement folle ! Le moine avait raison. Une mythomane ! Je reculai jusqu'au mur. Il fallait que je m'éloigne de cette femme qui me bouleversait, que je l'examine avec objectivité, que je la voie enfin telle qu'elle était vraiment. Je voulais découvrir les preuves de sa démence.

Elle était assise sur le lit. Elle laissa mon regard la fouiller, la transpercer. Elle ouvrit toutes grandes les portes de ses yeux pour que je visite son âme. La vérité est insaisissable : je ne découvris que sa beauté.

Marie se taisait. J'étais son juge et elle ne se défendrait pas.

Je revins à la fenêtre. Le frère Jean-Bernard parlait avec d'autres moines. Il était laid. Si la vérité devait avoir ces traits-là, je préférais le mensonge de Marie. Il possédait la perfection de son visage.

— Je te crois.

Elle m'embrassa sur les lèvres et ses dents firent jaillir une goutte de sang. Plus que l'intimité de nos corps, ce sang devait nous lier jusqu'à l'épreuve finale.

Un remue-ménage dans la cour interrompit notre baiser. Marie se précipita à la fenêtre. Elle m'apprit ce que je savais déjà : la gendarmerie évacuait la foule. Frère Jean-Bernard et ses acolytes n'allaient plus tarder. Nous étions prisonniers si nous ne fuyions pas.

— Il y a la sortie des pompiers, derrière l'école. Avec un peu de chance, ils n'y sont pas encore.

Je soulevai Jess dans mes bras, Marie attrapa le sac qu'elle avait préparé. Nous quittâmes la chambre sans un regard en arrière. La vie était devant nous.

Je n'eus pas le temps d'ouvrir la porte. Frère Jean-Bernard était sur le seuil. Dans son dos, deux moines bouchaient le couloir. Je reconnus avec tristesse frère Jean, l'ami de Jess. Marie se replia dans notre chambre. D'un coup d'œil, le supérieur de l'abbaye jugea la situation.

— Nous arrivons à temps, à ce que je vois... Mon cher Christophe, vous me décevez. Mais il faut croire que les charmes de la putain ont plus d'influence sur vous que mes discours. Je vous avais prévenu : je me lave les mains de ce qui va vous arriver à partir de maintenant.

Il fit un geste vers ses hommes. Il n'eut pas le temps de l'achever : un coup de feu claqua. Frère Jean-Bernard s'écroula, abattu par Marie. Un second coup partit. Le deuxième moine s'effondra sur le sol, le crâne éclaté. Marie rechargea le fusil posément. Une seule cartouche. Pour frère Jean qui était incapable de remuer. Comme pendant l'incident de la cathédrale, j'assistais, impuissant, à ce déferlement de violence. Marie épaula. Ce fut Jess qui sauva le jeune homme.

— Ne tire pas, Marie. Il est mon ami.

Frère Jean tomba aux genoux de l'enfant. Il balbutiait des mots incompréhensibles, le corps secoué de spasmes nerveux.

Jess posa ses mains sur sa tête.

— Calme-toi.

Puis, se tournant vers nous :

— Jean nous accompagne.

— Où est cette sortie des pompiers ? demanda Marie qui avait ajouté le fusil à ses bagages.

Je retrouvai mes esprits.

— Suivez-moi.

Nous descendîmes les escaliers. Les protestations de la foule évacuée avaient couvert le bruit des détonations. Personne ne se trouva sur notre chemin. Parvenus devant la grille ouverte de l'issue d'urgence, je confiai les clefs de ma voiture à Jean. Dans la cohue de l'évacuation, nul ne prêta attention au moine s'installant au volant de la 4L. C'était Jess qu'ils désiraient.

Il fit le tour du bâtiment par la rue du Saut et stoppa la voiture devant la grille. Dix minutes plus tard, nous roulions tous les quatre en direction du village de Saint-Valens, d'où partaient les premiers lacets vers la montagne.

En tirant ces deux coups de feu, Marie avait rompu la dernière attache avec un futur possible. La mort des deux moines nous avait fait basculer dans l'intemporalité des fugitifs. Nous quittions en criminels le monde qui avait fêté Jess.

Le voyage fut silencieux. Dans la voiture, chacun se forçait à fixer la route qui défilait. Les villages traversés nous paraissaient des vestiges d'un monde auquel nous n'appartenions plus. Je voulus faire des provisions ; il n'y avait dans le sac de Marie qu'un peu de pain et quelques tranches de jambon. Je garai la voiture. Ce fut la seule fois où Jess prit la parole :

— Ce n'est pas la peine, il y aura assez.

J'avais appris à lui faire confiance. Je repartis. La route était encore longue.

Il faisait presque nuit quand je stoppai la 4L à la hauteur du col de l'Eperon. Jean m'aida à camoufler la voiture sous des branchages. Il nous fallut une heure de marche pour atteindre le refuge.

C'était une vieille bergerie, aux murs épais et à la toiture encore solide. Personne n'y vivait plus, je l'avais découverte à l'occasion d'une excursion avec l'école. On y arrivait par un sentier de chèvre à flanc de montagne qui basculait dans une combe. La bâtisse y était cachée des regards, abritée derrière un petit bois de sapins.

Jean reprit des couleurs pendant la marche. Le grand air et l'absence de présence humaine à des kilomètres à la ronde lui rendirent un peu de sérénité. Il m'aida à porter Jess tout au long du parcours ; le contact de l'enfant sur ses épaules semblait l'alléger.

Marie avait retrouvé son air absent des dernières semaines. Elle fermait la marche, le fusil en bandoulière, mais elle profitait du moindre accident de terrain pour me prendre la main.

Aucune peur ne m'habitait. Au contraire, un soulagement euphorique portait mes pas. Nous étions tous les trois marqués du sceau du crime ; notre avenir, si court fût-il, n'existait qu'ensemble. Elles ne pouvaient plus m'abandonner. Le meurtre des deux moines était un meilleur ciment que toutes nos promesses. Et pour moi qui avais été prêt à mourir quelques heures auparavant, ce sursis ressemblait déjà à une résurrection.

L'installation dans la bergerie se fit dans la bonne humeur. Jess avait pris les choses en main comme on organise une maison de poupée. Nous nous laissions faire. Jean riait en déplaçant les bottes de paille ; pourvu qu'elle eût besoin de lui, il était heureux. Jess avait tenu à ce que Marie et moi dormions dans une salle à part. J'en fus soulagé. Sans honte aucune. Je pressentais que nos moments d'intimité, au milieu de ce dénuement, allaient devenir des rituels indispensables. Marie n'avait rien dit alors. Je compris dès la première nuit que sa force des jours à venir se nourrirait de nos jouissances.

Il y eut une première semaine. Je crois que nous étions heureux. Comme si le passé n'avait été qu'un cauchemar, chassé à chaque réveil par le soleil qui baignait notre clairière. Nous nous levions tôt, pour écouter les oiseaux, regarder la montagne et ses reflets printaniers.

Et puis, il y avait « l'Océan »…

Au matin du deuxième jour, Jean avait trouvé à cinq cents mètres de la bergerie une petite rivière qui serpentait entre des arbousiers. Elle surgissait du sol au pied d'un éboulis, comme une fontaine au milieu du désert. Après plusieurs méandres, elle se déversait dans un creux de roche, formant un bassin circulaire à taille d'homme. Un entonnoir naturel, à quelques mètres en aval, recueillait l'eau qui disparaissait sous terre avec la même soudaineté qu'elle était apparue. Jess avait paru très impressionnée par cette découverte. Elle nous y avait conduits, Marie et moi, presque de force. Jean nous attendait, il finissait de tresser avec du lierre une corde de fortune.

— Voilà notre Océan, avait déclaré Jess.

Elle paraissait sérieuse, nous l'avions crue. Jess voyait mieux la réalité que nous.

Jean avait terminé sa corde. Il en attacha une extrémité au tronc de l'arbre le plus proche et fit tomber l'autre dans le bassin.

— Il faut se laver, maintenant, continua Jess.

Elle se dévêtit, se laissa glisser le long de la corde et s'immergea dans l'eau. Pendant de longues secondes, on ne vit plus que le reflet brouillé de sa peau blanche. Puis son crâne rasé réapparut à la surface, en même temps qu'un cri de nouveau-né creva l'espace des montagnes.

Elle suffoquait, comme si l'air lui brûlait les poumons. Jean se précipita et la couvrit de ses vêtements. Elle le repoussa. Sa respiration redevint normale.

— A votre tour, dit-elle simplement.

Je ne comprenais pas.

— Il le faut vraiment ? murmura Marie. Pourquoi t'acharnes-tu ? Je t'ai raconté pourtant...

Jess ne dit rien. Minuscule sur son rocher, ruisselante, elle me parut une goutte de rosée prête à s'évaporer.

— Je t'en prie... Epargne-moi ça.

La voix de Marie était presque inaudible.

— A votre tour, ordonna à nouveau Jess.

Marie baissa la tête, vaincue. Elle se déshabilla et sauta d'un coup, sans même s'aider de la corde. Quand elle refit surface, ses cheveux plaqués en arrière donnaient à son visage un relief de marbre. Jamais son corps ne me parut si harmonieux, comme libéré des impuretés du monde que nous avions quitté. Elle s'étendit sur une pierre plate, les yeux clos, et j'eus un instant la vision de sa mort.

Je plongeai après Marie, puis ce fut au tour de Jean de s'immerger.

En rentrant à la bergerie, nous nous sentions gais, sans raison autre que le sentiment d'une appartenance commune. A quoi ? Nous ne le savions pas. Qu'importe. Parfois, l'ignorance est la plus belle des démonstrations.

Il y eut une seconde semaine. Il y avait toujours les oiseaux le matin, le reflet des montagnes, et le bain dans l'Océan. Nous nous y rendions chaque après-midi, après avoir déjeuné de fruits et de gibiers que Jess et Jean nous ramenaient tous les jours au retour de mystérieuses escapades. Je ne sus jamais la provenance exacte de ces festins.

Un jour où je voulus les suivre, craignant que le vol ne soit l'explication de nos repas, Marie me dissuada.

— Ne t'en occupe pas.

— J'ai besoin de savoir où ils se procurent

cette nourriture. J'ai peur qu'ils nous fassent repérer.

— Par qui ? s'étonna Marie.

Je m'énervai.

— Je te rappelle que nous avons tué deux personnes, et que la police de tout le pays doit être à notre recherche !

Elle haussa les épaules, comme si cela ne la concernait plus depuis longtemps. Sa fille respirait encore à ses côtés. Le reste, pour elle, n'était que détails. Mais moi, je voulais vivre encore, je voulais l'aimer des milliers de nuits. Ne pouvait-elle pas l'admettre ? Elle se serra contre moi ; elle avait dû lire mes pensées.

— Aie confiance en Jess. Elle veille sur nous, elle nous nourrit, elle nous protège. Le jour où les gendarmes débarqueront, c'est parce qu'elle l'aura décidé.

Je ne doutais pas qu'elle eût raison, mais cette vérité me terrorisait. Je me défendis.

— Tout de même ! Elle n'a que sept ans.

— N'oublie pas ce que tu as vu... Maintenant, tu as compris que Jess a l'âge du monde.

Jamais Marie n'avait été aussi loin. Je ne savais

plus lequel de nous deux était le plus fou. Elle, de dire cela ? Ou moi, de la croire ? Il me restait l'ironie.

— Dans ce cas, que devons-nous faire ? Attendre l'Apocalypse ?

— Profiter du Paradis.

Et elle montra le ciel, les sommets, l'absence des hommes.

Nous étions au bord de l'Océan, allongés sur la pierre plate, nus. Au fil des jours, nos vêtements nous avaient paru inutiles. Cette nudité que Jess avait imposée au premier bain nous était devenue indispensable. Aucune gêne ne subsistait entre nous. Il y avait le corps magnifique de Marie qui devenait arbre contre un arbre, pierre contre une pierre, qui se métamorphosait en soleil à la clarté aveuglante de midi. Il y avait mes muscles lourds, mes cuisses épaisses, mon torse noir de poils qui chatouillaient Jess quand elle venait y blottir sa peau glacée d'avoir trop nagée. Même les bras maigres et les fesses creuses de Jean étaient la vie, belle et insatiable, lorsque résonnait son rire en écho au chant des oiseaux.

— Je t'aime, Marie.

Les mots étaient dérisoires, mais au point où

nous en étions, il ne fallait plus hésiter. Nous fîmes l'amour debout, dans l'Océan, sans hâte. Marie poussa une plainte aiguë. Ce n'était pas ma semence qui entrait en elle, c'était la semence de la terre entière dans le tourbillon de cette rivière surgie des entrailles du sol. Longtemps, elle me garda au fond de son ventre, comme s'il s'était agi de redonner une seconde chance à l'existence.

Quand je remontai sur la pierre plate, tenant Marie par la main, je découvris Jess. Elle était assise à quelques mètres, à l'ombre d'un pin. Elle avait tout vu. Elle me sourit.

Il y eut une troisième semaine. Un hélicoptère passa à l'est. Il tourna autour de la combe voisine puis disparut. Aucun d'entre nous n'eut le réflexe de se cacher.

Il y eut une quatrième semaine. Des orages se succédèrent. Il fallut rester à l'abri dans la bergerie. La cheminée ronflait jour et nuit. Le bois ne manquait pas, la nourriture non plus.

Pourtant, Jess et Jean ne sortaient pas comme avant, bloqués par la pluie. Lorsque la flamme diminuait, ou qu'approchait l'heure du repas, Jess disait simplement à Jean :

— Va chercher ce qu'il faut.

— Où ? répondait Jean.

— Derrière le mur des moutons.

Jean sortait et revenait presque aussitôt avec des bûches sèches ou un panier de victuailles. Je suivais le conseil de Marie : je ne demandais aucune explication. Il fallait accepter d'avoir chaud et de bien manger.

Il y eut une cinquième semaine. Le soleil était revenu. L'hélicoptère aussi. Le samedi, il survola notre combe. Il tournoya au-dessus de la bergerie. Nous nagions dans l'océan, sous le couvert des arbres. Jess avait cessé de jouer. Elle leva la tête en direction de l'appareil. Ce fut à compter de cet instant que la porte du Paradis se referma.

Jess se rhabilla en vitesse, comme gênée soudain par nos regards sur son corps. Nous nous vêtîmes à notre tour, tandis que le vrombissement des pales s'éloignait.

— Ils vont venir, dit Jess.

Elle se mit à pleurer. Des larmes qui coulaient sans un bruit et rejoignaient l'eau de l'Océan. Marie la prit dans ses bras. Nous pleurions tous. Je réagis.

— Nous partons. Le monde est vaste. Jean, viens avec moi. On va voir où en est la voiture. Marie, prépare les affaires.

Jess ne dit rien. Je pris son silence pour une acceptation. La suite montrerait que c'était seulement le refus de se mêler à nos enfantillages.

En m'enfonçant dans le sentier, j'eus l'impression de sortir d'un rêve. Il allait falloir recommencer à craindre le présent. J'escaladais les rochers avec rage, je brisais les branches qui entravaient ma route, je me vengeais sur la montagne qui nous retirait sa protection. Après cinq semaines d'inaction, ma machine se remettait en marche. Un plaisir animal montait en moi, contre mon gré. Puisque mon esprit avait dû baisser pavillon devant les mystères de Jess, j'allais me battre avec les seules armes qu'on me laissait. Mes poings, mon cou de brute, mes jambes d'haltérophile. Mourir, peut-être ; mais avec du sang sur les mains. Le sang des mangeurs de rêves.

La 4L était toujours sous son camouflage. Elle refusa de démarrer. La pluie des derniers jours avait noyé le moteur. Nous étions cloués dans cette montagne.

Le chemin du retour fut lugubre. Jean se lamentait, je le rudoyais pour qu'il avançât plus vite. Il nous fallut moins de quarante minutes pour rentrer à la bergerie. Je cherchai aussitôt Marie : elle seule pouvait dompter ma fureur.

Je la retrouvai sur la pierre plate de l'Océan. Elle ne bougea pas à mon approche. Elle fixait une ligne invisible, au-delà de nos réalités. Je pressentis qu'un évènement grave avait eu lieu : son visage avait pris la même teinte d'agonie que durant la terrible nuit de Noël.

— Où est Jess ?

Je crois que ma voix n'était qu'une plainte.

Elle ne répondit rien. Elle ne m'entendait pas. Elle mourait peu à peu.

Jess était partie.

Jean m'aida à transporter Marie sur notre paillasse. Elle se laissa déshabiller et coucher sans résistance. A intervalles réguliers, j'écoutais battre son cœur. N'y aurait-il eu ces légers souffles qui soulevaient sa poitrine que je l'aurais crue morte. Elle semblait survivre du bout des lèvres, comme en sursis dans l'attente de Jess. Jean et moi ne parlions pas. Nous attendions, nous aussi. Quoi ? Un signe. Un geste. Ou rien, sans doute. Il y avait longtemps que le destin nous avait rendus humbles dans nos prévisions.

La nuit du samedi passa. Marie ne s'était pas réveillée. Elle gisait sur la paille, immobile, les mains à plat de chaque côté de son corps.

Au début, j'avais envoyé Jean parcourir les environs à la recherche de Jess. Elle n'était nulle part. Et la montagne immense paraissait nous narguer. Nous avions renoncé.

Je réfléchis en veillant Marie.

Si la police avait retrouvé notre trace, elle aurait pris la mère avec l'enfant. Si c'étaient des disciples de frère Georges qui avaient enlevé Jess, ils auraient abattu Marie sans scrupule : nous leur avions déclaré la guerre. Ne restait alors que l'hypothèse de la fugue. Je me souvins de ses larmes au passage du second hélicoptère. Jess n'était plus là parce qu'elle était partie de son plein gré. Alors, nous ne pouvions qu'attendre ; elle ne nous abandonnerait pas.

Le dimanche passa. Nous ne bougions plus. Le brouillard avait envahi la combe.

Marie ne s'était pas réveillée. Seule sa respiration lente la rattachait encore à nous. Je lui humectais les lèvres d'eau, je posais sur son front des linges mouillés. Jean était allongé au pied de la paillasse, il ne parlait plus. On aurait dit qu'en disparaissant Jess avait emporté son esprit. Il n'était qu'une enveloppe vide aux gestes mécaniques. Il sombra dans un sommeil entrecoupé de réveils exaltés. Il regardait autour de lui, cherchant Jess en vain, puis se rendormait d'un coup, assommé par son absence. Ou bien, il se levait brusquement et se précipitait vers les endroits où Jess avait l'habitude de l'envoyer prendre la nourriture. Mais il n'y avait plus de paniers, plus de bûches. Je le calmais. Jess allait revenir. Il se recouchait.

Combien de temps allions-nous tenir ?

La pluie recommença à tomber le lundi. Une pluie serrée comme les barreaux d'une prison. La poitrine de Marie se soulevait à peine. J'avais faim. J'avais soif. Je bus l'eau du ciel, à pleine bouche sous le déluge. Je me souviens que je murmurai le nom de Jess, mille fois, comme une incantation aux maîtres invisibles dont elle semblait la fille. Je pensai que j'allais mourir. Je m'allongeai contre Marie. Les heures défilèrent comme la poussière.

Puis la nuit arriva.

L'obscurité me scella les yeux.

Je crus que le Temps était achevé.

Ce furent des cris d'enfants qui me tirèrent de mon coma. Un rayon de soleil éclairait notre paillasse. Marie s'éveilla en même temps que moi. Je regardai ma montre. Nous étions le mercredi 7 avril. J'avais perdu connaissance plus de vingt-quatre heures. Dehors, les voix redoublèrent. Des chants, des rires, des appels. Et, pardessus toutes, la voix de Jess. Je me traînai à l'extérieur.

Elle était revenue ! Avec ses douze compagnons du spectacle du carnaval. Ils jouaient dans l'herbe, magnifiques et insolents. Je reconnus Pierre et sa tignasse hirsute, chef de bande toujours vociférant, et Timothée, et Petit Paul, et tous les autres. Ils étaient là. Voilà pourquoi Jess nous avait quittés : pour ramener sa garde enfantine.

Marie et Jean m'avaient rejoint. Nous devions avoir des têtes de fantômes car les enfants cessèrent leurs jeux en nous voyant.

Jess s'approcha de Marie. Ses vêtements étaient à moitié déchirés.

— Tu les reconnais ?

Sa voix chantait à nos oreilles.

— Oui, bien sûr, répondit Marie.

Elle s'appuyait contre le mur de la bergerie pour ne pas tomber.

— Tu ne me demandes pas pourquoi ?

— Je te fais confiance, chuchota Marie.

Je la pris dans mes bras avant qu'elle ne s'évanouisse. Jess ne parut pas le remarquer et, malgré mon bonheur de la retrouver, je lui en voulus de ne pas s'inquiéter de ce qu'avaient été ces jours sans elle. Mais elle devait déjà savoir que les heures qui nous restaient ne laissaient plus de place au passé. Elle reprit la parole, montrant de la main deux adultes qui débouchaient du sentier :

— J'ai aussi amené deux amis qui nous ont aidés à venir jusqu'ici.

Je reconnus Mary Poppins et le garagiste qui m'avait vendu la 4L après la mort d'Ithos. Ils s'approchèrent, un peu gauches. Je les saluai avec effusion tandis que Jess nous expliquait le rôle de chacun dans l'exode des douze. Mary, non contente de l'avoir cachée chez elle, avait servi d'agent de liaison pour prévenir les compagnons de son appel. Le garagiste, qui se prénommait Jules, avait mis son minibus à disposition pour le transport de la petite troupe.

— Les parents sont-ils prévenus du départ de leurs enfants ? demandai-je.

— Vous n'y pensez pas, monsieur Radaux ! s'exclama Mary Poppins. Depuis les meurtres et votre fuite, la ville est devenue folle. On vous recherche partout, il y a vos photos sur tous les murs de la région ; à se demander comment vous êtes toujours libres.

— Ils veulent tous votre peau, renchérit Jules. Enfin, presque tous... Même la petite, s'ils l'attrapent, ça va faire du grabuge. Il y a des bruits qui courent comme quoi les gamins tomberaient malades comme des mouches depuis son départ. Ils disent que c'est de sa faute.

Je m'adressai aux enfants.

— Pourquoi avez-vous suivi Jess ? Pourquoi avoir désobéi à vos parents ?

— Et vous, vous savez pourquoi vous êtes là ? rétorqua Pierre.

Je vis que Jess me fixait soudain, guettant ma réponse. Je balbutiai.

— Parce que… parce que je… l'aime…

Je me rendis compte en le disant que c'était là l'unique justification. La seule vérité qui m'avait permis de supporter jusqu'à l'idée de la mort. Comme soulagé, je répétai en hurlant :

— Parce que je l'aime !

Alors, les enfants hurlèrent avec moi, et puis Jean, et Mary Poppins, et Jules. Une cascade d'allégeance qui se déversa aux pieds de Jess, un torrent d'amour qui justifiait les crimes, les désertions, les haines. Jess nous écoutait, heureuse. Elle se tourna vers Marie qui, seule, ne partageait pas notre allégresse.

— Et toi, tu ne m'aimes pas ?

— Moi, je t'aime vivante.

Le trouble s'installa sur l'assemblée. Par ces mots, Marie avait rappelé l'enjeu réel de notre présence dans cette montagne. Je la portai à l'intérieur. Jess se coucha contre son ventre, docile. Je sortis discrètement. Elles avaient besoin de solitude.

Je retrouvai les autres autour de Jean qui dévorait un jambon. Jess revenue, les paniers réapparaissaient... Je repris des forces.

Il y eut des jeux et des baignades dans l'Océan. Le ciel était bleu. Les enfants étaient beaux. En les regardant s'ébattre dans l'eau, piaillant autour du gros ventre de Jules qui riait en essayant de les attraper, j'eus le sentiment de la dernière accalmie avant le cyclone. On aurait dit que la nature avait dressé son plus beau tableau, comme pour s'excuser à l'avance du carnage à venir.

— Vous êtes inquiet, monsieur Radaux ?

C'était Mary Poppins. Elle s'était assise à côté de moi, sage et respectueuse. Pourquoi avait-elle fait tout cela ? Pour Jess ou pour moi ?

— Il ne faut pas vous en faire. Je ne vous ennuierai pas. Je ne vous demande qu'une chose : permettez-moi de rester jusqu'au bout avec la petite.

— Jusqu'au bout de quoi ?

Elle ne répondit pas. Personne, parmi nous, ne savait répondre à cette question. Nous avions tué deux hommes, fait mourir un taureau, kidnappé douze enfants, pour vivre la fin d'une aventure que l'on sentait imminente sans en connaître le contenu. Depuis huit mois, les événements s'enchaînaient de manière inexorable. Un tourbillon nous attirait vers le fond, et nous nous laissions entraîner.

Seule Jess savait pourquoi. Et Marie aussi connaissait la réponse. Elle me la murmurait dans l'oreille depuis Noël, et je ne voulais pas l'entendre.

Le soleil se coucha.

Marie et Jess nous avaient rejoints.

Jean alluma un grand feu de bois. On mangea beaucoup. Jules chanta des vieilles chansons du pays. Jess nous raconta une histoire, comme à l'école, il y a longtemps… Il y a des siècles.

Ils s'endormirent heureux autour des flammes vacillantes.

Je dormis à peine cette nuit-là.

Marie non plus.

Elle regardait les étoiles comme on dévisage un ennemi.

Marie fut la dernière à se réveiller ce matin du jeudi 8 avril. Une lumière grise assombrissait la clairière. Les enfants s'amusaient à escalader les chênes avoisinants. Jean et Mary Poppins préparaient le petit déjeuner. Jules était allé ausculter la 4L. Non pas que nous songions encore à fuir ; la présence des douze compagnons rendait tout départ impossible. Mais le garagiste avait sa fierté professionnelle. Il m'avait vendu une voiture, elle devait fonctionner. Je lui enviais cette facilité à se concentrer sur un moteur en pareil moment. Moi, je ne pouvais que tourner en rond, à l'écoute du moindre crissement de feuilles, du moindre souffle contraire au vent. Tout semblait tranquille. Il fallait tenir. J'avais vérifié le fusil, il restait une boîte de cartouches. Trois me suffiraient.

A midi, Jules revint. La 4L fonctionnait. Il en avait profité pour la faire rouler jusqu'au village de Saint-Valens. Je lui reprochai son manque de prudence. Il haussa les épaules. La priorité des policiers avait changé : ils recherchaient un mini-bus. Pour preuve, il déplia sur l'herbe le journal du jour. La disparition des enfants faisait la une. Leurs photos et celle de Jean occupaient le haut de la page, au-dessus de l'article que lut Jules.

TREIZE OTAGES INNOCENTS

Ainsi donc, de par l'impuissance de nos forces de police, le cauchemar continue à Cormes. Après les meurtres de deux moines en février dernier et la fuite des criminels qui courent toujours, après l'épidémie mystérieuse qui affaiblit les rangs de notre population, voici que douze enfants ont été enlevés mardi à la sortie de leur école par deux individus pourtant honorablement connus dans notre cité, Jeanne Pulicino, femme de service, et Jules Dalmas, garagiste. Les premiers éléments de l'enquête montreraient que les enfants auraient suivi la jeune femme en toute confiance, cette dernière s'occupant d'eux chaque jour à la cantine. Ils auraient ensuite pris place dans le minibus du garagiste pour une destination inconnue. Le véhicule aurait été aperçu à la porte Est de la ville mais on a perdu sa trace depuis. Aucune demande de rançon n'a été enregistrée à cette heure, bien que le caractère exceptionnel de ce kidnapping (12 enfants et aucune précaution d'anonymat) laisse à penser que ce tragique fait divers est lié aux évènements de ces dernières semaines. Nul doute pour la police que le couple infernal, Christophe Radaux et Marie Weies, ait joué un rôle décisif dans cette affaire. Recherchés en vain depuis six semaines après le meurtre de deux moines et la prise en otage d'un troisième dont on est toujours sans nouvelles, ils sont aussi, faut-il le rappeler, le beau-père et la mère de la petite Jess dont les comportements étranges ont défrayé la chronique pendant le carnaval. De nombreuses voix ecclésiastiques se sont d'ailleurs élevées contre les déviances observées à cette occasion, réclamant un contrôle médical sévère de toutes les personnes prétendant avoir été « guéries » par l'enfant. Une mise en garde de

l'évêché a de même été lue dans les églises afin de prévenir les fidèles du risque d'hérésie inhérent à ces faux miracles.
Quoi qu'il en soit, l'ensemble des forces de gendarmerie de la région a été mis sur le pied de guerre pour retrouver les otages et arrêter les coupables.

Il y eut un long silence. Les enfants regardaient leur photographie, incrédules.
— Mais nous ne sommes pas des otages..., protesta finalement Pierre.
— C'est quoi, un otage ? demanda Jérémie.
— Quelqu'un qui m'aime, répondit Jess, nerveuse.
Elle n'avait pas tort.
— Que fait-on ? hasarda Jean, rassuré de voir que la police le considérait toujours comme une victime.
Toutes les têtes se tournèrent vers Jess. Même la mienne. J'avais baissé pavillon depuis longtemps. Elle réfléchit avant de répondre. Un mince duvet de cheveux blonds recouvrait son crâne. Marie n'avait plus de rasoir.
— Si y en a qui veulent partir, ils peuvent.

Des enfants baissèrent les yeux. Ils commençaient à avoir peur. Une main, puis trois, puis six se levèrent. Pierre se dressa, l'œil noir.

— Vous êtes des lâches ! A la première difficulté, vous détalez !

Il s'accroupit devant Jess, frémissant et respectueux.

— Moi, je ne partirai jamais. Je resterai toujours avec toi, je te le jure.

Marie sursauta en entendant ce serment. Sur l'instant, je ne réagis pas. Maintenant, je sais qu'aucun détail ne lui fut épargné. La nasse se refermait.

— Jules, ramène-les à Saint-Valens. Tu les déposeras à l'entrée du village, décida Jess.

— C'est de la folie ! osa Jean. Ils vont tout dire à la police !

— Tu ne risques rien, toi. C'est à nous qu'ils en veulent..., le rassurai-je.

Mais je savais bien que c'était Jess seule qu'ils pourchassaient.

Jean s'assit à l'écart, bougon. Jules prit les six déserteurs et disparut avec eux dans le chemin.

Derrière la montagne, le tonnerre gronda. Les

enfants se regroupèrent entre eux, comme des chiots dans un panier. Mary Poppins rejoignit Jean et lui parla à l'oreille. Le garçon se leva et entra dans la bergerie. Il en ressortit avec de la nourriture qu'il nous distribua. Les conversations reprirent, les figures se décontractèrent. Le ventre avait repris le dessus.

Quand ils furent repus, les enfants s'assoupirent. J'emmenai discrètement Marie dans notre « chambre ». Nous fîmes l'amour au ralenti, pour goûter la saveur de chaque geste.

Ce serait la dernière fois.

Jules revint à quatre heures. Il avait accompli sa mission. Les six déserteurs avaient promis de ne rien révéler. Nous n'étions pas dupes de cette promesse enfantine. Mais ce qui retint surtout notre attention, ce fut l'homme qui suivait le garagiste. Très grand, osseux, le visage effilé et barbu, il portait un gros sac sur l'épaule. La marche avait dû le fatiguer ; il respirait bruyamment et la sueur creusait ses traits. Je m'étais aussitôt dressé, craignant un danger. D'un geste,

Jules me calma. Il se tourna vers l'étranger. Celui-ci nous souriait.

— Je vous présente Gilles. Il m'attendait au carrefour où j'ai déposé les petits. Il m'a dit qu'il devait nous rejoindre, que nous aurions besoin de lui. Je sais pas pourquoi, mais j'ai pas hésité...

Tous dévisagèrent le nouveau venu. Il parla :

— J'étais dans la cathédrale le jour du carnaval. C'est moi qui restaurais les vitraux, sur la nacelle.

Son regard d'aigle se posa sur Jess, comme si elle seule pouvait donner à cet aveu le poids de sa légitimité parmi nous. Elle était assise sur les genoux de Jean. Nous attendions sa réaction.

— Tu as faim ? Tu veux boire ? Sers-toi, si tu veux.

Elle étendit la main vers les restes de notre repas. L'homme se baissa et prit une bouteille d'eau fraîche. Il but au goulot une longue rasade qui traça des rigoles dans les poils de sa barbe et fit saillir les veines de sa gorge. Quand il reposa la bouteille, s'essuyant la bouche d'un revers de manche, son visage était détendu.

— Merci pour cette eau, dit-il simplement.

Il se libéra de son fardeau contre un arbre.

— Qu'est-ce qu'il y a dans ce sac ? demanda Pierre.

— Des cordes, des échelles, des casques.

— Pour faire quoi ?

Gilles se tut. Non qu'il eût un secret à cacher, mais parce que son pouvoir de décision s'arrêtait là. Comment avait-il retrouvé notre trace, pourquoi s'était-il encombré de ce matériel ? Peu importe. Il était comme nous tous entraîné par une volonté plus forte que la sienne. Durant le procès qui devait passionner l'opinion publique, six mois plus tard, les psychiatres se battirent à coups d'expertises pour définir nos degrés respectifs de responsabilité. Pas un ne comprit que la psychanalyse n'avait aucun lien avec le pouvoir de Jess sur nos existences. Le jury retint la thèse de la schizophrénie, je ne fis rien pour les en dissuader. Qu'auraient-ils compris à l'amour ? Gilles se trouvait dans un lieu précis, à un moment donné, avec ses cordes et ses casques ; c'était tout. Il fallait considérer chaque évènement survenu depuis le mois de septembre à l'aune de cette confiance. Vu notre situation, d'autres explications m'auraient paru suspectes...

D'ailleurs, Jess expliquait peu. Elle agissait et

la compréhension des choses devenait claire. Pierre, lui, avait encore besoin de mots.

— Pour faire quoi ? répéta-t-il, devant le silence de Gilles.

— Ils vont arriver, répondit Jess. On va se cacher.

On aurait dit qu'elle jouait. Un jeu inutile dont elle connaissait le terme. Le visage barbu s'éclaira. Il découvrait l'importance de son rôle.

— Je connais un endroit où on ne viendra pas vous chercher.

J'exigeai qu'on nettoyât le camp avant de partir. Il fallait laisser le moins de traces possible de notre passage en espérant passer à travers les mailles de la battue. Jess accepta. Elle nous regarda ramasser la paille, recouvrir les cendres, relever les herbes. Les enfants aidaient en riant, Jean et Mary Poppins s'amusaient à se frôler. Ils étaient insouciants.

A six heures, la clairière avait retrouvé son aspect originel. Je décrétai le départ. En file indienne, nous suivîmes Gilles. Jules fermait la marche, Marie allait comme un robot. Je voyais devant moi le duvet blond de Jess avancer sans hésitation, entraînant dans sa foulée Pierre et les cinq autres enfants. Nous étions silencieux.

Après avoir franchi le lacis des arbres, Gilles s'engagea sur la pente rocailleuse de la montagne. Il fallut ralentir notre rythme, les petits peinaient. J'étais inquiet, nous étions à découvert. Le moindre passage d'hélicoptère nous aurait été fatal. Gilles me rassura.

— Le trou est à moins de trois cents mètres ; et son bras m'indiqua un amas de rochers.

Je fis quand même accélérer notre troupe ; il me semblait entendre des aboiements au loin.

Lorsque Gilles s'arrêta enfin, des nuages noirs finissaient de cacher le soleil à l'ouest. Il posa son sac et déplaça quelques blocs de pierre avec l'aide de Jules. Ils dégagèrent ainsi une ouverture d'un mètre de diamètre qui disparaissait sous la terre.

— C'est l'entrée du gouffre de Charles, expliqua Gilles. Une cavité qui possède le plus beau réseau de galeries de la région. Ils ne viendront pas vous chercher là.

— On va descendre là-dedans ? demanda Pierre.

— Oui. J'ai ce qu'il faut.

— Génial !

Les enfants applaudirent. Les adultes ne disaient rien. Je vis Jules pâlir. J'aurais dû porter plus d'attention à cette fragilité.

Gilles sortit son matériel des sacs. Pendant que nous revêtions des combinaisons en toile plastifiée, il installa un système de cordes et de poulies permettant la descente. L'exploration commençait par un puits de vingt mètres. Pierre contempla avec excitation le trou étroit qui plongeait dans l'obscurité. Il demanda à descendre le premier. Gilles préféra me désigner : il fallait un homme au fond pour recevoir et déséquiper les enfants. J'acceptai d'un mouvement de la tête. Jess m'encouragea d'un sourire. Je le lui rendis faiblement. J'avais le pressentiment que ce gouffre serait un cercueil.

On alluma la flamme de la lampe à acétylène sur le devant de mon casque, Gilles fixa le descendeur au mousqueton de mon baudrier. Je m'approchai du trou. La dernière vision que j'eus du monde extérieur fut le ciel chargé de vapeurs noires et les premières gouttes sur mes mains.

Je basculai dans l'abîme.

Mes yeux mirent du temps à s'accoutumer à l'obscurité. Ma flamme vacillait, lançant des lueurs fugitives sur les parois du puits. Je discernais à peine la voix de Gilles qui rythmait ma descente. Je disparaissais dans une faille du temps où les secondes ressemblaient à des millénaires. Quand je sentis le sol sous mes pieds, je pus à peine me tenir debout. Un vertige me força à m'adosser à la paroi. Ma lampe s'éteignit. Le noir m'asphyxia. Marie m'apprit plus tard que je n'avais pas répondu aux appels de Gilles pendant cinq minutes. Je ne m'en souviens pas. Je me rappelle simplement que la corde me cisaillait le ventre et que je hurlai vers la surface :

— C'est bon, j'y suis ! Pas la peine de tirer comme des brutes !

Je détachai la corde qui remonta. Un filet humide coulait le long de ma colonne vertébrale. Je m'assis par terre. En tâtonnant, je m'aperçus que le diamètre du puits n'excédait pas deux mètres. J'essayai de rallumer ma lampe. Le briquet frontal claqua dans le vide. Je fermai les yeux ; j'avais au moins le sentiment de choisir mon aveuglement. Des images flottèrent derrière mes paupières : Marie nue sur la pierre, Jess dans la cour de l'école, Ithos galopant sur la neige. Je revis mon père construisant un meuble dans la pénombre de son atelier, maman qui l'embrasse sur la photo de leur mariage. Et puis moi, à sept ans, le jour où je me perdis dans le parc, pleurant au milieu d'arbres gigantesques qui semblaient ricaner. J'avais l'âge de Jess. Pourtant, elle, aujourd'hui, ne pleurait pas...

Une lumière vive me força à rouvrir les yeux. Marie descendait, sa flamme ronflant dans le silence. Aussitôt, la roche autour de moi reprit un aspect normal.

— Pas de problèmes ? s'inquiéta-t-elle. Dans sa combinaison trop grande, on aurait dit une enfant.

— Tout va bien.

Je l'embrassai. Je préférais ses lèvres à mes mots. Nos casques se touchèrent, ma flamme jaillit au contact de la sienne. Cet allumage involontaire nous parut un symbole heureux. Marie trouva la force d'en sourire. Je la déséquipai ; la corde disparut à nouveau vers la surface. Un premier enfant descendit quelques instants plus tard. C'était Pierre. Les autres suivirent. Gilles fut le dernier. Il fit un tas de nos baudriers puis nous montra une galerie creusée dans le rocher, un boyau boueux où l'on pouvait tout juste ramper.

— C'est par là.

Il s'y glissa en éclaireur. Moins d'une minute après, on entendit sa voix assourdie :

— A votre tour ! C'est une chatière d'à peine cinq mètres.

Les enfants se ruèrent dans le boyau. Jess disparut au milieu de sa garde bruyante. Jean et Mary Poppins passèrent à leur tour. Seul Jules resta immobile devant l'obstacle. Il était blême.

— Je... je ne peux pas... Je suis claustrophobe... Il faut que je remonte...

— C'est trop tard pour reculer, Jules. Ils nous poursuivent. On ne peut pas abandonner Jess.

— Il faut que je remonte... Je leur dirai rien, je vous jure ! Il faut que je remonte !

Il commençait à paniquer. Je posai ma main sur son épaule pour le calmer, il me repoussa violemment et s'agrippa à la corde en hurlant.

— Je dois remonter ! Je dirai rien !

Ce n'était pas le moment de craquer. D'un coup de poing précis derrière l'oreille, je l'assommai. Il s'affala sans une plainte. Je le tirai dans la chatière avec l'aide de Marie. Gilles ne fut pas surpris par cet incident.

— En temps normal, je ne l'aurais jamais descendu…

— Regarde, Christophe ! C'est beau, hein ? interrompit Jess.

J'appuyai Jules contre un bloc en saillie et je découvris l'espace où aboutissait la chatière. C'était une vaste salle de plus de dix mètres de haut, semée de concrétions surgissant du sol ou pendant du plafond. A la lumière de nos flammes, des cristaux nichés dans la roche brillaient de feux fugaces. Du sable fin recouvrait le sol, une mare d'eau à l'extrémité reflétait grossièrement nos silhouettes. Une roche plate occupait le centre de la salle, comme tenue en apesanteur à un mètre de haut, simplement posée sur un pied de calcaire évasé par l'érosion. Il y avait là une majesté naturelle qui m'imposa le respect.

— On dirait une cathédrale…, murmura Jean.

— On ne dirait rien du tout ! répliqua Marie,

et vingt-cinq ans après, je souris devant cette révolte inutile.

Jean avait raison : c'était une cathédrale de plusieurs millions d'années et le destin ne l'avait sans doute pas choisie par hasard pour clore notre histoire. Gilles reprit la parole, d'une voix égale. J'aimais la mesure de cet homme :

— Nous pouvons tenir ici longtemps. Nous sommes à l'abri du flair des chiens et des ondes des radars. Nous avons même l'eau courante ! Ecoutez... — et du menton il désigna la mare.

Un silence attentif se fit. Je n'entendis d'abord rien d'autre que le bruit de nos respirations. Puis un son ténu se fraya un chemin, un ruissellement infime qui ne tarissait pas. Gilles s'approcha de la paroi, au-dessus de la flaque. Il colla son oreille contre la roche humide. Nous l'imitâmes. Le ruissellement ressembla à un grondement.

— La rivière coule de l'autre côté. L'eau s'infiltre jusqu'ici, par en dessous.

En effet, un tourbillon léger partait du fond de la flaque, troublant la surface de quelques vaguelettes. Jess s'accroupit. Joignant ses deux paumes pour en faire un vase, elle but plusieurs gorgées.

— Elle est fraîche, annonça-t-elle — et son regard était une invite à suivre son exemple.

Pierre s'agenouilla à ses côtés et but à son tour. Nous fîmes tous de même. Jess avait raison : l'eau était si fraîche que quelques gorgées suffisaient pour être désaltéré. Marie avait plongé son visage dans la flaque, je crus alors que c'était pour mieux s'abreuver. Quand elle se redressa, trempée, je compris qu'elle voulait seulement cacher ses larmes.

On installa le campement. Les enfants se regroupèrent autour de Jess, Jean et Mary Poppins s'isolèrent derrière une monstrueuse stalagmite. Jules avait repris connaissance ; Gilles lui parla. Il grommela et s'allongea sur le sable en nous tournant le dos. Au moins, il paraissait tranquille. J'avais décidé de ne laisser que deux casques allumés pour économiser les pierres de carbure. La pénombre calma les enfants. Le silence des profondeurs s'immisça dans nos conversations.

Le temps passa comme si nos vies tournaient au ralenti. Notre attente pesait les tonnes de roches qui s'amoncelaient au-dessus de nos têtes.

Je m'endormis contre Marie. Ce fut Gilles qui me réveilla. Il était neuf heures du soir.

— Les petits ont faim, il faut manger.

Nous nous assîmes autour de la table de pierre. Une lampe à acétylène éclairait nos treize visages avec des ombres étranges. Jess présidait ce festin lugubre, entourée de Jean et Pierre. On mangea du poulet froid et des éclairs au chocolat, ce qui ne parut surprendre personne. Je ne posai pas de questions, par crainte d'une réponse sensée. J'en étais parvenu à un point où toute interprétation rationnelle m'aurait effrayé.

Jules refusa la pâtisserie. Jess la partagea et la distribua aux enfants.

— Il n'y a plus rien, dit Jean.

— Et pour demain ? s'inquiéta Mary Poppins.

— Jules s'en chargera, répondit Jess.

Leurs regards se cherchèrent. Jules se leva.

— Je vais m'en occuper maintenant, dit-il.

Je protestai :

— Il est hors de question que quelqu'un s'en aille d'ici !

— Laisse-le partir.

La voix de Jess était trop calme pour qu'elle

ignorât ce qu'elle faisait. Je me tus. Gilles partit remonter Jules à la surface. Il ne nous restait que le fusil de Marie pour espérer encore.

Gilles revint. Il avait quitté Jules au bord du puits, sous une pluie battante. L'autre avait promis de revenir au matin, avec des réserves pour une semaine. Il avait disparu dans la tempête qui soufflait sur la montagne. Gilles était perplexe. Les précipitations pouvaient, disait-il, faire monter les eaux de la rivière et inonder notre retraite. Tout dépendait de la durée du mauvais temps. Je jetai un coup d'œil sur la flaque. Il me sembla qu'elle s'étalait de plus en plus sur le sable.

Par précaution, Gilles nous mena dans une nouvelle salle. Située au-dessus de la précédente, on y accédait par une suite d'étroitures sinueuses terminées par une chatière. Elle était petite, de forme sphérique, et les enfants en firent aussitôt leur « OVNI ». Cette exploration avait distrait quelque peu l'angoisse du groupe. Le déménagement des affaires dans le dédale des galeries prolongea la bonne humeur. Puis, lorsque tous furent installés dans l'OVNI, serrés les uns contre les autres, à la seule lueur d'une flamme, l'effroyable silence de la terre reprit ses droits. Gilles conseilla de dormir. Il promit de nous emmener le lendemain matin à l'air libre récupérer Jules. Cette perspective rasséréna le groupe. Le sommeil gagna tout le monde, comme une parenthèse d'inconscience.

Ce fut Marie qui me réveilla. Sa montre indiquait une heure du matin.

— Jess n'est pas là ! chuchota-t-elle.

Je détaillai les corps allongés. Elle avait disparu. J'allumai la flamme d'un casque et je me faufilai dans la chatière, suivi de Marie. Indifférent aux blessures causées par la roche, je progressai sur les coudes et les genoux le long du boyau. Parvenu aux étroitures, j'appellai Jess. J'entendis ma voix se perdre dans l'écho des concrétions. Quand je débouchai dans la grande salle, je la vis enfin. Elle était assise au bord de la mare qui était devenue un lac occupant plus de la moitié de la cavité. Des bouillonnements à la surface indiquaient la puissance du flux qui jaillissait des profondeurs. Heureusement, la partie haute de la salle était encore au sec, permettant l'accès aux galeries de retour. Il fallait prévenir Gilles.

— Jess, on doit rejoindre les autres, ne pas se séparer.

Je la portai dans mes bras. Elle se laissa faire.

— Les autres, ils dorment. Vous dormez tous. Personne n'est venu avec moi.

— Tu aurais dû nous le demander..., essaya Marie.

— C'est pas pareil quand on demande.

Nous rejoignîmes l'OVNI. Le sol était déjà plus humide qu'à l'aller. Une peur viscérale me fit accélérer dans les derniers mètres. Pour la première fois depuis ma rencontre avec Jess et Marie, je ne pensais qu'à sauver ma peau.

Je réveillai brutalement Gilles.

— Il faut rejoindre la surface ! Vite ! L'eau monte dans les galeries.

Je devais crier car les corps endormis se redressèrent. Un début de panique gagna les enfants, Gilles éleva la voix pour obtenir le calme.

— Vous ne bougez pas d'ici ! Je vais voir.

Il se glissa dans la chatière.

Chacun se tut, les sens aux aguets, attentif à la moindre variation suspecte du silence. Le petit Timothée se mit à pleurer ; le visage de Mary Poppins était d'une pâleur effroyable. Alors, une musique s'éleva, une mélodie simple qui anesthésia nos terreurs. C'était Jess qui chantait. Des notes si pures que la voûte de notre cavité nous sembla un instant briller de millions d'étoiles. Je ne me rappelle plus les mots de sa chanson, je crois que je ne les comprenais pas. On aurait dit la voix d'un ange. Ce fut le dernier miracle de Jess.

Gilles revint. Il s'efforça de parler d'une voix sereine :

— Il faut partir immédiatement.

Marie commença à regrouper nos maigres affaires. Il l'interrompit :

— J'ai dit « immédiatement ». Chaque minute compte.

Il nous fit glisser dans la chatière un par un. Des filets d'eau couraient dans le boyau, l'argile trempée collait à nos vêtements. Quand je pus me redresser, mes pieds pataugeaient dans un cloaque alimenté par cent torrents minuscules.

Derrière moi, les plus petits des enfants peinaient pour avancer. J'en pris deux par la taille et je débouchai sur la grande salle.

Gilles ne se trompait pas, chaque minute était décisive : l'eau avait presque atteint le niveau de la galerie supérieure qui menait au puits de sortie. Lorsque nous fûmes tous plaqués contre la paroi du haut, Gilles nous encorda. Puis débuta la course cahotique à travers les corridors de pierre et les laminoirs, où la flamme des casques projetait sur les roches nos silhouettes apeurées.

Je fermais la marche, croyant entendre le galop de la rivière souterraine lancée à notre poursuite. Combien de temps dura cette fuite dans le dédale des galeries ? Je ne saurais le dire. Je n'ai gardé que le souvenir de ma peur.

Enfin, je reconnus l'ultime chatière qui aboutissait à la base du puits. Il ne nous fallut que quelques minutes pour la franchir : nous reniflions déjà l'air de la délivrance.

Gilles grimpa les vingt mètres d'échelle métallique. Il montait avec agilité, mais nous le trouvions encore trop lent. Je fixais l'embouchure de la chatière, craignant à chaque instant de voir apparaître les premiers ruissellements.

Après des minutes insupportables, Gilles parvint au sommet du trou. Il enroula la corde autour de la poulie fixée à la roche et la laissa descendre jusqu'à nous. Jean remonta d'abord pour l'aider à nous tirer, puis ce fut le tour des enfants. Quand vint celui de Jess, elle refusa de passer avant Mary Poppins et sa mère.

— Dans « les femmes et les enfants d'abord », il y a d'abord les femmes ! expliqua-t-elle.

Mary Poppins ne chercha pas à discuter. Elle profita de notre hésitation pour attacher son baudrier au mousqueton et entama la remontée. Je la regardai disparaître dans la nuit du puits, lorsque je sentis avec épouvante une humidité glacée envahir mes chaussures : l'eau s'infiltrait par la chatière.

— Plus vite ! hurlai-je. L'eau arrive !

Je m'affolai, je tirai sur la corde. La main de Jess dans la mienne m'apaisa, et à nouveau les mêmes mots que la nuit de Noël dans le champ d'Ithos :

— Pourquoi tu as peur ? Je suis là.

— L'eau monte lentement, confirma Marie. Nous avons le temps.

Je les serrai toutes les deux contre moi.

Les minutes s'écoulèrent.

La corde ne redescendait pas.

Il me parut distinguer un brouhaha à la surface. Je crus discerner la voix de Jules ; il était donc revenu plus tôt.

— Renvoyez la corde ! Qu'est-ce que vous attendez ?

Ma voix se perdit dans l'obscurité. L'eau clapotait autour de nos chevilles. Enfin, la corde réapparut. Je voulus attacher Jess. Elle refusa d'un signe de tête.

— Maman d'abord.

Je la regardai. Je regardai Marie. Elle avait dit « Maman » !

— Moi ? balbutia Marie, bouleversée.

— Oui, maman. Toi.

Marie se laissa attacher. Ses yeux ne quittaient pas son enfant. Jamais je n'y avais lu tant de paix.

Elle remonta.

Nous n'étions plus que deux.

L'eau me mordait les mollets.

Alors vint la fin.

Marie était parvenue à l'extrémité du puits. Il y eut des cris, des sifflets. Des faisceaux de torches électriques balayèrent l'ouverture du gouffre. Et les aboiements des chiens. Je compris. La trahison de Jules, la police venue nous cueillir un à un à la sortie du trou.

Mais Marie s'était débattue, Marie hurlait pour nous prévenir du piège. Et puis Marie est tombée. Une longue chute silencieuse. Et le corps qui s'écrase au pied de l'enfant.

Marie est morte.

Un projecteur puissant illumina le puits. Je mis un bras devant mon visage. Un mégaphone cracha des ordres.

— Christophe Radaux ! Ne tentez aucune résistance inutile ! Vous êtes coincé. Nous allons vous envoyer une corde, attachez l'enfant d'abord. Ensuite, ce sera votre tour. Soyez raisonnable, vous n'avez pas le choix ! Ne faites pas la même erreur que votre compagne.

Je ne répondis pas. Ils avaient tué Marie.

Ils envoyèrent la corde. Ils n'osaient pas descendre. Ils devaient penser que j'avais le fusil. Le mégaphone cracha à nouveau. Je reconnus la voix de la directrice de l'école. Puis il y eut celle du père Floris. Les charognards étaient au rendez-vous.

J'accrochai le cadavre de Marie à la corde. Je l'embrassai sur les lèvres avant qu'ils ne la hissent.

Jess ne disait rien, ne bougeait pas, de l'eau jusqu'aux cuisses. Elle avait son regard d'ailleurs.

Marie tournoya dans le puits. Je suivis son ascension comme si c'était mon corps qu'on arrachait. Bientôt, je ne la vis plus.

Le mégaphone s'égosilla :

— Radaux ! Arrêtez de vous foutre de nous ! Envoyez la petite !

C'est là que je m'aperçus de la disparition de Jess. Profitant de mon inattention, elle s'était glissée dans la chatière à demi inondée.

Le mégaphone cracha à nouveau.

— Vous entendez, Radaux ! Fini de...

Je ne sus jamais ce qui était fini. J'avais déjà plongé à la recherche de Jess.

L'eau éteignit ma lampe. Je rampais à contre-courant, happant l'air entre deux remous. Sorti du boyau, je réussis à rallumer la flamme. La multitude des galeries diminuait le niveau moyen de la crue et je pus atteindre la grande salle sans que le flux ne dépasse mes hanches. Entre deux coudes, j'apercevais Jess qui nageait pour remonter vers la source de l'inondation.

La paroi latérale de la salle où Gilles nous avait encordés était presque entièrement recouverte par les eaux. Il ne restait jusqu'au plafond qu'une poche d'air d'une trentaine de centimètres qui affleurait l'entrée de la chatière menant à l'OVNI. Au rythme de la crue, notre dernier refuge allait être inondé en moins de dix minutes. Je cherchai Jess. Je vis son crâne dépasser des flots à la hauteur du trou, puis ses mains prendre appui sur le rebord de la pierre. Elle engagea son corps dans le boyau.

— Non ! Pas là ! Tu vas être bloquée !

Je criai en vain. Elle se fondit dans la chatière.

— Tu leur diras, Christophe ? Tu leur diras ?

Elle hurlait et je l'entendais à peine dans le ronflement de la crue.

— Je te le promets !

Ma voix dut porter car elle me sourit. Ce fut la dernière vision que j'eus de Jess. Je vis l'eau monter encore et noyer la chatière. Je ne remuai plus. J'attendais la mort. La poche d'air rétrécit. Ma tête toucha le plafond de la salle. Je perdis connaissance.

Tout était accompli.

Je ne suis pas mort cette nuit-là.

Comment ai-je pu survivre ? La presse de l'époque contient les explications de mon sauvetage. L'assaut du commando dans le gouffre, la course-poursuite à travers les galeries inondées, le masque à oxygène qu'on m'appliqua sur le visage. L'exploit de ces hommes a été tant de fois relaté, à quoi bon le dire encore ?

Le pays entier suivit ma remontée du puits à la télévision.

Le pays entier vécut au rythme des communiqués annonçant les niveaux de la décrue.

Le pays entier espéra que l'Enfant de Cormes avait trouvé refuge dans une poche d'air de l'OVNI.

Durant trois jours, chacun retint son souffle. Puis, le dimanche 11 avril 1971, les sauveteurs purent enfin descendre dans le gouffre libéré des eaux.

Ils ne retrouvèrent jamais le corps de Jess.

La suite est inscrite dans les minutes du procès.

Marie disparue, l'opinion publique se ligua contre moi. J'étais le coupable idéal. L'assassinat des deux moines, l'enlèvement des enfants, la mort de Jess : je plaidai coupable pour tout. La sentence ne m'étonna pas : vingt-cinq ans de prison.

Mary Poppins et Gilles eurent des circonstances atténuantes et furent condamnés à deux ans pour complicité.

Jules reçut le prix de sa trahison : un an avec sursis. Il ne profita pas longtemps de cette liberté. On retrouva sa voiture au fond d'un ravin deux mois plus tard.

Jean ne fut même pas arrêté. Les policiers l'avaient toujours considéré comme un otage et nul parmi les survivants ne songea à les en dissuader. Il ne manqua aucune des audiences, assis discrètement au milieu du public.

De ces heures interminables sur le banc des accusés, je ne conserve qu'une image : celle de tous ces visages venimeux qui se succédèrent à la barre pour salir la mémoire de Jess. Comme s'ils ne lui pardonnaient pas de leur avoir donné tant d'espérance.

Seuls quelques-uns surent être les témoins de la vérité : Petit Paul, Vanessa, Timothée et même Pierre. Ils dirent la joie, l'amour, la paix. Le tribunal ne les écouta pas : ils n'étaient que des enfants.

On m'adjura de me défendre. Je me tus. Qu'auraient-ils pu comprendre à des apparitions de jus d'orange ?

On ressortit le dossier du frère Jean-Bernard et ses coupures de presse. Il ne résista pas aux attaques des experts désignés. Je ne les écoutais pas. Je n'écoutais plus personne depuis longtemps.

Jess et Marie étaient mortes : j'étais devenu sourd.

Le pays fut satisfait du verdict.

On m'enterra dans ma cellule.

Ainsi se termine l'histoire de Jess.

Le brouillard a disparu depuis longtemps. Je crois même que le soleil est parvenu à briller un instant entre deux nuages, avant que ne vienne la nuit. Derrière moi, le café a fermé sa grille. La jolie serveuse doit déjà dormir dans les bras de son amant.

Le silence du pénitencier est tombé sur la Grand-Rue. Un lampadaire éclaire faiblement les dernières pages de mon carnet. Big Black est toujours sur mon épaule. Il n'a pas bougé depuis l'aube. Ses yeux jaunes ont suivi mes mots un par un, je sais que lui me croit.

Il me faut maintenant écrire les phrases ultimes. Celles qui donnent enfin le sens de toutes ces souffrances. Je vais les écrire très vite, sans apparat. La vérité n'a que faire des artifices.

Lorsque la porte de fer s'est ouverte devant moi, ce matin, après vingt-cinq ans d'oubli, quelqu'un m'attendait. Le jour se levait à peine, je ne discernai d'abord qu'une silhouette dans la brume.

— Christophe ?

Je m'approchai. C'était une jeune femme d'une trentaine d'années. Elle portait une robe bleue, bras nus, les mollets comme des colombes. Je reculai comme si j'avais vu un fantôme : on aurait dit Marie ! La jeune femme me prit la main, doucement, et elle prononça ces simples mots :

— N'aie pas peur...

C'était Jess.

Je m'effondrai sur ce bout de trottoir que je n'ai pas quitté depuis.

Elle s'agenouilla à ma hauteur. Je vis son visage. Je reconnus son regard. Ses cheveux blonds avaient repoussé sur son crâne définitif. Je me mis à pleurer. Elle tira un mouchoir de sa poche et essuya mes larmes. Je ne pouvais pas parler. Combien de temps dura cette apparition ? Je suis incapable de le dire. Jess se redressa, elle me caressa les mains puis s'éloigna d'un pas tranquille. Elle se retourna une dernière fois et me sourit. Le même sourire énigmatique que celui qu'elle m'avait adressé vingt-cinq ans plus tôt avant de se fondre dans l'OVNI.

Je fermai les yeux.

Quand je les rouvris, Jess avait disparu.

J'étais donc fou. L'enfermement avait fini de briser ma raison. Les juges, les psychiatres ne s'étaient pas trompés. J'avais rêvé une Jess de sept ans qui guérissait les aveugles puisque j'hallucinais une Jess de trente-deux ans qui était morte depuis un quart de siècle. Peut-être même avais-je inventé l'amour de Marie.

J'eus l'épouvantable sensation d'être vidé par le néant.

Ce fut Big Black qui me sauva. Il perça le brouillard d'un battement d'ailes et se posa sur mon épaule. Il tenait dans son bec le mouchoir avec lequel Jess avait essuyé mes larmes...

Voilà. C'est terminé. J'ai tenu ma promesse.

La lune s'est levée. Un vent léger fait rouler

des vieux papiers au milieu de la Grand-Rue. Un couple de rats file dans le caniveau.

Je n'ai plus peur. Je sais maintenant que le meilleur est à venir, de l'Autre Côté. Que ceux qui liront ce carnet y puisent la même certitude.

Je peux enfin mourir… Ma vie commence ce soir.

La composition de cet ouvrage
*a été réalisée par l'****Imprimerie Bussière,***
l'impression et le brochage ont été effectués
sur presse Cameron
dans les ateliers de ***Bussière Camedan Imprimeries***
à Saint-Amand-Montrond (Cher)
pour le compte des Éditions Albin Michel.

Achevé d'imprimer en mars 1998.
N° d'édition : 17253. N° d'impression : 211-981167/1.
Dépôt légal : mars 1998.